樂讀456 070

魔法十年屋 1

想不想試試時間的魔法？

文 廣嶋玲子
圖 佐竹美保
譯 王蘊潔

魔法十年屋 想不想試試時間的魔法？

目錄

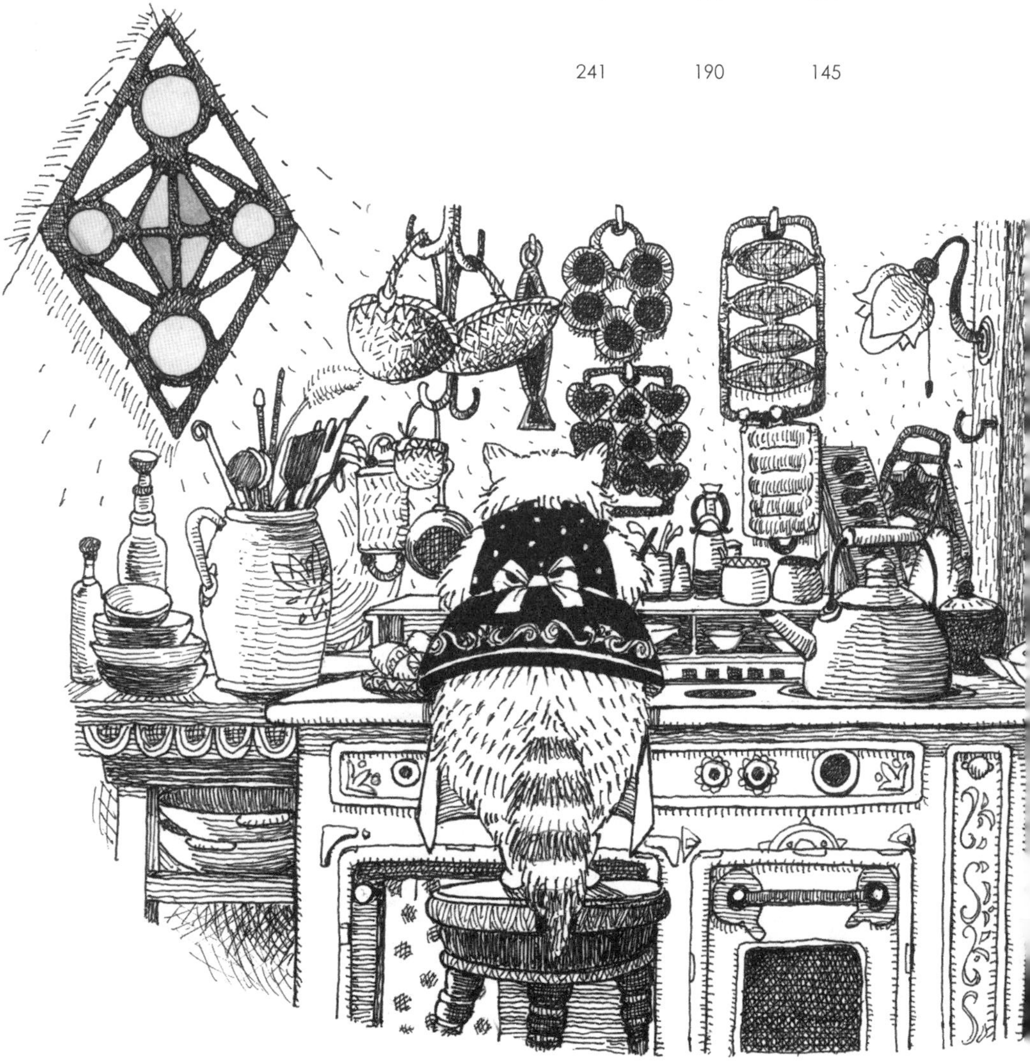

序章

有些心愛的物品，即使壞了也捨不得丟。

正因為是充滿回憶的物品，所以也希望可以把它們好好保管在某個地方。

無論是有意義的物品、想要保護的物品，或是想要保持距離、不想見到的物品……

如果您有這樣的物品，歡迎光臨「十年屋」。

本店將連同您的回憶，妥善保管您的重要物品。

1 懷念的白兔

「我不想失去它。」

莉莉緊緊抱著手上的白兔絨毛娃娃。

這隻大白兔絨毛娃娃叫做雪寶，是莉莉三歲時，媽媽特地為她做的生日禮物。

莉莉第一次把雪寶抱在手上，就愛得不得了。

蓬鬆的雪寶像雪一樣白，用黑色鈕扣做的眼睛很可愛。莉莉越

來越喜歡雪寶，甚至有一段時間曾任性的說：「無論洗澡或上廁所，我都要帶雪寶！」

即使莉莉現在已經十五歲了，雪寶仍然是她的好朋友，也是她的寶貝。自從四年前媽媽去世之後，她就更愛雪寶了。

「我絕對不會讓雪寶離開我身邊，即使到了變成阿姨或是老婆婆的年紀，雪寶也要永遠和我在一起。」莉莉在心裡暗自這麼決定。

但是，這個想法現在可能沒辦法做到了。

從去年開始，莉莉有了一個新的媽媽。新媽媽娜拉文靜漂亮，對莉莉也很溫柔。莉莉見到新媽媽後，暗自鬆了一口氣。雖然她很恨爸爸，但覺得自己應該可以和新媽媽和睦相處。

但是，新媽媽來家裡之後，家裡漸漸變了樣。

有一天，莉莉發現，媽媽留下來的東西一點一點消失了。

客廳牆上的掛畫不知不覺換成了一幅從來沒看過的原野圖畫。

壁爐上的小狗擺設，也變成了一個木雕人偶。

連媽媽以前蒐集的銀製餐具，也換成了玫瑰花圖案的瓷器。

「該不會……」

莉莉急忙去打開了衣櫃——

沒有了！那些裝著媽媽衣服的箱子全都不見了，媽媽生前經常穿的溜冰鞋，那條和她說好「莉莉，等你長大了就送給你」的項鍊也不見了。

莉莉臉色發白的在衣櫃裡東翻西找，背後忽然傳來了說話聲。

「莉莉，你在找什麼？」

回頭一看，她發現娜拉站在那裡，一臉溫和的笑容。

「沒、沒有了！媽媽的東西都不見了……」

「喔，你是說原本放在那裡的舊東西嗎？對啊，我拿去丟掉了，因為衣服都被蟲蛀了，那些小飾品也損傷得很嚴重，怎麼了嗎？」

娜拉說話時，臉上仍然帶著笑容。

莉莉差一點放聲大叫——

「丟掉了？那又不是你的東西！我媽媽之前說，那些東西全都是我的，而且爸爸也同意了。真是不敢相信，你竟然沒有問過我，就全部拿去丟掉了！」

但是，她最後並沒有叫出聲音。

因為娜拉仍然滿面笑容，她的笑容雖然很溫柔，但她的眼神沒有笑意，還散發出一股溼溼、冷冷的光。

頓時，莉莉感受到的不是憤怒，而是恐懼。她低下了頭。

娜拉對她說：「這隻兔子娃娃已經很破舊了，是不是也該丟了？

而且你已經十五歲了，不會再玩什麼娃娃了吧？要不要我幫你丟掉？」

「不行！」

莉莉立刻抱起放在一旁的雪寶。

「這個娃娃很重要！是媽媽做給我的。它是我的寶貝！絕對不可以丟掉！拜託了！」

娜拉什麼話都沒說，既沒有點頭，也沒有搖頭，只是笑了笑，看著莉莉和雪寶。

莉莉突然驚覺：娜拉還是想要把雪寶丟掉。也許不是今天，也可能不是明天，但是她一定會趁自己不注意的時候丟掉雪寶。

眼前的這個人臉上帶著溫柔的笑容，卻打算殘酷的強行消除她對媽媽的回憶。

等娜拉走出房間後，莉莉絞盡腦汁，想著保護雪寶的方法。

「要不要拜託爸爸，不要再把媽媽的遺物丟掉呢？不行，娜拉知道如何說服爸爸的方法，她一定會說什麼『繼續這樣下去，莉莉會一直陷入過去的悲傷，所以必須趕快走出去。』爸爸聽了，應該馬上就會同意娜拉的做法。」莉莉在腦中不斷的思考著。

可是她既不能把雪寶帶去學校，也沒辦法把它藏在家裡，因為娜拉一定會找遍家裡的每一個角落，直到把雪寶找出來。

莉莉想像著娜拉把雪寶從她藏好的地方拉出來，然後一臉得意走向垃圾桶的樣子，一想到這裡，她就忍不住想要吐了。

「與其被娜拉丟掉，是不是我親手丟掉它比較好？」她沮喪的注視著雪寶。

曾經是她最好朋友的雪寶已經又舊又破，原本白色的毛變黃了，一隻耳朵垂了下來，其中一個黑色鈕扣做的眼睛也快掉了。

即使是這樣，在莉莉心中，雪寶仍然是雪寶。她不知道有多少時間是和雪寶在一起玩的，除了辦家家酒，他們還一起玩海盜遊戲、捉迷藏，也一起去過公園和動物園。即使做了可怕的夢，只要緊緊抱住雪寶，就什麼都不怕了。

而且媽媽的笑容隨時都會出現在雪寶旁邊，那雙充滿憐愛、注視著自己的雙眼，就像太陽一樣溫暖。

記憶一下子湧現，莉莉內心充滿了酸酸甜甜的感覺。她無法把雪寶丟掉。

「唉，既然不能丟，那該怎麼辦呢？有沒有什麼好方法？最好能夠找到一個不會花太多錢、可以代人保管重要物品的地方……如果真的能找到這麼方便的地方就太棒了。」

就在這時……

窗戶傳來一聲「嘎答」的聲響，像是有什麼東西撞到了窗戶玻璃。

莉莉感到好奇，便抱著雪寶走向窗戶。她驚訝的發現，有一張卡片夾在窗框上。深棕色的卡片散發出溫暖的感覺，卡片四個角落畫了金色和綠色的蔓草圖案，中間寫著大大的「十年屋」三個字，而且不知為何，這三個字格外吸引人。

莉莉緊張的拿起那張卡片，對折的卡片用膠水黏住了。當她翻到背面，發現寫了這樣一段話。

「因為是心愛的東西，即使壞了也捨不得丟。正因為是充滿回憶的物品，所以很希望可以找一個地方好好保管。如果您手上有這樣的物品，歡迎光臨『十年屋』。本店將連同您的回憶，妥善保管您的重要物品。」

「十年屋？」莉莉忍不住偏著頭思考。「這應該是店名吧？所以這張卡片是廣告單嗎？為什麼會從窗戶送來我家？這是什麼呢？」

莉莉仔細打量著，發現卡片下方還寫了一句話——

「如果想光臨本店，請打開卡片。」

「裡面可能附了地圖吧。」她喃喃自語。

她把雪寶夾在腋下，撕開了黏膠水的地方，打開卡片，立刻聞到一股像是剛泡好的咖啡香氣，金褐色的光像薔薇枝蔓般散發出來，緩緩的環繞著她，並將她整個人包圍住。

莉莉大吃一驚，還來不及感到害怕——不，就算她沒有驚嚇，應該也不會感到害怕才對，因為無論是光和香氣，全都充滿了一股神奇的溫暖和溫柔氣息。

當她猛然回過神時，發現自己站在一個陌生的地方。

那是一條有一整排紅磚店面的小路，淡淡的霧氣籠罩著，朦朧的月光模糊了周圍所有的一切。時間既不是白天，也不是夜晚，充滿了神祕的氣氛，簡直像走進一顆月光寶石中。

整排店鋪都很昏暗，沒有任何燈光，不知道是已經打烊了，還是正在做準備，小路上也沒有任何行人。

只有一家店亮著燈，剛好就是莉莉面前的那家。雖然這家店和其他店鋪一樣，也是一間紅磚房，但店門漆成了白色，上面有一扇圓窗，圓窗上是勿忘草圖案的鑲嵌玻璃，而門上的招牌寫了店名。

莉莉不由自主的向前一步，看到招牌上的字寫著：「十年屋」。

這幾個字讓彷彿置身夢境的莉莉回過了神。

「十年屋！就是卡片上寫的那家店！」

她用力吞口水。

「這是魔法吧，我正在體驗魔法耶！」

莉莉知道這個世界上有魔法師，雖然人數很少，但他們擁有罕見的能力——使用魔法。

說到魔法，莉莉想起姨婆家有一個神奇的胡桃鉗人偶。只要有不速之客上門時，那個人偶就會用玩具槍開槍，並發出警告聲響。姨婆說，那是以前一個魔法師送她的……那個人偶確實具有魔法。

不過這是莉莉第一次親身體會魔法，她感到忐忑不安。

總之，是魔法把莉莉召喚到這裡的，雖然莉莉不知道是誰召喚她，只知道自己必須走進這家店。

「雪寶，那我們進去吧。」

她小聲的對抱在手上的雪寶說，然後緩緩向前走。

她推開白色店門，聽到了叮鈴鈴的清脆鈴聲。店內比她想像中寬敞，但到處堆滿了東西。除了有好幾堆書外，還毫無秩序的堆放著唱片、衣櫃、床等家具。這個角落是座鐘和玻璃擺設，那個角落則隨意放著鋼琴和小提琴；一旁木箱子裡的金項鍊、銀項鍊、戒指和胸針都快要滿出來了，而看起來很老舊的酒桶內則放滿了拐杖和釣魚竿。

莉莉覺得這裡很像古董店，並不認為店裡的東西是破銅爛鐵。雖然有許多看起來就像是破爛的鞋子和壞掉的玩具，以及一些搞不懂是什麼的東西，但每一件物品都散發出「重要物品」、「無可取代的物品」的感覺。

她覺得不能隨便亂碰店裡的東西，所以雙手緊緊抱著雪寶往裡面走。

她戰戰兢兢的沿著物品之間狹小的縫隙往裡面走，看到後方有一個櫃臺，那裡坐著一個年輕的男人。

這個高個子的年輕人看起來瀟灑精明，他在雪白的襯衫外穿了一件筆挺的深棕色西裝背心和相同顏色的長褲。背心口袋裡露出一條金鍊子，可能是懷錶的鍊子。腳上那雙麥芽糖色皮鞋也擦得一塵不染，脖子上則圍了一條鮮豔的紫色絲巾，整個人看起來很時尚。他有一頭栗色蓬鬆長髮，一雙琥珀色的深邃眼睛，細細的銀框眼鏡看起來很有氣質。

這個年紀輕輕卻散發出古典味的男人把一小塊骨頭放在耳邊，手裡正用羽毛筆在紙上寫著什麼。

他發現莉莉後，笑容可掬的說：「歡迎光臨，請問您要來寄放

物品嗎？」

「呃……我、我想應該是。」

「原來是這樣，我剛好在忙，請你到後面稍坐一下。喂，客來喜，有客人。」

「來了喵。」

隨著啪答啪答的腳步聲，從裡面走出一隻貓。牠有一身柔軟蓬鬆的橘色毛髮，還有一雙綠色的眼睛，而且竟然像人類一樣用兩隻腳走路。牠身上穿了一件有銀色刺繡的黑色天鵝絨背心，戴著黑色領結，看起來很可愛。

橘貓鞠了個躬後，用可愛的聲音說：「我是管家客來喜，請跟我來喵。」

「好、好。」

櫃臺後方是一個小房間，漂亮的壁爐前有一張圓桌和兩張很有分量的沙發，那裡似乎是會客室。

客來喜請莉莉在其中一張沙發上坐下後，不知道又去了哪裡。

莉莉坐了下來，打量著室內。這間會客室整理得很整齊，也打掃得很乾淨，一定是剛才那隻貓用撣子和掃帚打掃的。莉莉想像著牠打掃的樣子，忍不住偷笑起來，她覺得牠實在是太可愛了。

這時，客來喜走回會客室，手上端的托盤上放著漂亮的茶杯、茶壺和一個裝了餅乾的容器。

牠把茶杯放在桌子上，為莉莉倒茶時，莉莉忍不住小聲問牠。

「你該不會是被魔法師用魔法收服的動物吧？」

「不是，我客來喜是真正的員工喵，除了包三餐以外，還有薪水可領喵。」

「這、這樣啊，你能在這裡工作，太厲害了。」

「謝謝喵。」

客來喜開心的笑了笑，鞠了個躬。

「請趁熱喝喵，也請享用餅乾喵。」

「那我就不客氣了。」

莉莉喝了一口紅茶，拿了一塊餅乾放進嘴裡。紅茶很香，加了椰絲的餅乾香脆又好吃。

「好吃！這是你烤的嗎？」

「是的喵，很高興你喜歡喵。」

「呵呵，看來你工作很認真。」

「大家都這麼說喵。」

「我可以和你聊天嗎？除了你以外，這裡還有其他管家貓嗎？」

「這家店只有我和老闆而已喵。」

「老闆？就是剛才坐在櫃臺的那位先生嗎？」

「對，他就是老闆喵，是會運用十年魔法的人，所以叫十年屋喵。」

「十年魔法？那是什麼？」莉莉正想這麼問時，那個男人走進了會客室。

「客來喜，這裡交給我，你去忙吧。」

客來喜鞠了一個躬後離去，會客室內只剩下莉莉和那個男人。

莉莉手足無措的看著眼前的男人，他那雙琥珀色的眼睛在銀框眼鏡後發出閃耀的光芒——那是一股令人心動的光芒。

男人滿面笑容的開了口。

「我就是大家口中的『十年屋』，歡迎你來到本店。」

「呃、那個……我……搞不清楚是、是什麼狀況……我突然收到一張卡片，打開一看……」

「是的，我只會讓需要本店的客人收到邀請函。」

「你是魔法師吧？」

「對，這是你第一次見到魔法師嗎？」

「雖然曾經在報紙和書上看過，但這是第一次親眼見到。」

「這樣啊，很高興你接受我的邀請，可見你深陷煩惱。我猜想你的煩惱和這個絨毛娃娃有關，對不對？」

聽到他這麼說，莉莉嚇了一大跳，更用力的抱緊了手上的雪寶。

「看來我說對了，」十年屋笑了起來，「對你來說，它非常重要，但是有人叫你把它丟掉，而你不願意，所以本店的邀請函才會送到你手上。」

「魔法師也會讀心術嗎？」

「不，只是來到本店的所有客人，幾乎都希望能夠協助他們保管充滿回憶的物品。每個人充滿回憶的物品都不相同，即使在別人眼中像是破爛物品，不過對當事人來說，卻是無可取代的寶貝，所以他們無法丟棄，也不想丟棄。本店就是專門做為客人保管這些物品的生意。」

莉莉恍然大悟，「所、所以，也可以為我保管雪……不是，這個娃娃嗎？」

「當然可以，但是，」十年屋說到這裡，眼神突然比剛才銳利了些，「我相信你應該知道，使用魔法必須付出代價。我使用的是『十年魔法』，也就是時間魔法，所以你也必須用時間支付報酬。」

「我的『時間』嗎？」

「說得更明確一點，是壽命。」

莉莉大驚失色，不過魔法師對她露出微笑安慰。

「聽到『壽命』，你可能覺得很可怕，但請聽我把話說完。本店會將你的物品以目前的狀態保管十年，在本店保管期間，物品完全不會有任何劣化或是損傷，但你必須用你一年的壽命來支付。怎麼樣？用一年的壽命交換保管珍貴的物品十年，這樣的代價並不至於太離譜。」

「……」

「總之，決定權掌握在你手上，你可以仔細思考一下，這個絨毛娃娃是否有這樣的價值。」

雖然他說話的語氣很溫和，卻很有分量，就像老人在教誨年輕人，漸漸消除了莉莉內心的恐懼和不安。

「嗯……讓我想一下。」

「你可以好好思考，我暫時離開一下。」

十年屋靜靜的走出會客室。

莉莉看著雪寶，無法馬上做出決定。她既覺得「為了保管雪寶，當然沒問題！」，又覺得「為了一隻絨毛娃娃，太不值得了。」這兩種想法在她內心激烈的拉扯。

「但是……」莉莉看著雪寶那隻快要掉落的眼睛想著：「這是媽媽為我做的娃娃，是媽媽的遺物。如果把雪寶丟掉，我一定會後悔。我不喜歡後悔的感覺，因為這種感覺會一直跟著自己，遲遲無法消失。而且，把雪寶放在安全的地方，也可以阻止娜拉的陰謀得逞，完全可以趁她沒有防備時，先下手為強……好，我決定了！」

莉莉吸了一口氣，大聲叫著，「十年屋先生。」

十年屋立刻走回會客室。

「你似乎已經決定了。」

「對，我願意用壽命支付，請為我保管雪寶。」

「好，那我們馬上來簽約。」

十年屋不知道從哪裡拿出一本黑色記事本和一枝銀色鋼筆。

「首先說明一下合約的內容。保管期間是十年，在這十年內，你隨時可以將保管的物品取回，但即使保管時間未滿十年，也無法歸還已經支付的壽命，敬請了解。」

「好，我知道了。」

「十年後，本店會通知你期限已滿，到時候你可以來取回物品。如果到時候不需要取回，這個物品就將正式歸本店所有，這樣可以嗎？」

莉莉點了點頭。

「那麼現在由我來詳細記錄你要保管的物品。」

十年屋翻開記事本，用鋼筆快速寫了下來。

「品名是絨毛娃娃，名稱……這個絨毛娃娃叫什麼名字？」

「雪寶。」

「好，名稱是雪寶。保管日期是大帝國曆一四四四年十月二十二日……好，請你在這個下面簽名。」

「好，我知道了。」

莉莉接過鋼筆時大吃一驚。

好重……這枝鋼筆重量很重，好像是銀製的。不，不僅如此，這裡是個有魔法的地方，莉莉更強烈感受到，現在自己已經不能反悔了。

但是，這一切都是為了雪寶。

莉莉在十年屋攤開的記事本上簽下自己的名字，她覺得好像有什麼東西隨著鋼筆的墨水一起從身上流走了——她清楚的感受到自己的壽命被拿走，吸入合約中。即使如此，莉莉還是簽完了名。

十年屋在臉色蒼白的莉莉面前闔起記事本。

「好，契約成立了，那就由本店為你保管這件物品。」

莉莉把雪寶交到他伸出的手上。

「請、請你一定要好好保管它。」

「當然，我們不會造成任何損傷，到時候會以和目前相同的狀態歸還給你。」

十年屋露出令人安心的溫柔微笑，與客來喜送莉莉走向白色大門。

莉莉走到一半時，看著那些幾乎淹沒整家店的物品問：「這裡所有的東西該不會都是……」

「沒錯，都是客人以前放在這裡保管的物品，但他們沒有回來取走，所以目前都歸本店所有。」

「所以即使主人不回來拿，也不會丟掉嗎？」莉莉又問。

「我們不會丟棄任何東西，由於本店保管的所有物品都有價值，因此會放在店裡，等待新的主人買走，一定會有人想要這些物品。」

莉莉聽到十年屋說「絕對不會把客人寄放的物品丟掉」，覺得鬆了一口氣。

「那麼，後會有期。」

「再見喵。」

莉莉聽著十年屋和客來喜的道別聲，一邊走向門外，直到走進被淡霧籠罩的小路上，她才想到一件事——剛才是魔法把她帶來這裡，但她不知道這裡是哪裡，也不知道要怎麼回家。

「請問、我要怎麼回家……」

莉莉轉頭一看，立刻說不出話。

因為十年屋和客來喜都不見了，那扇有鑲嵌玻璃白色大門的紅磚店鋪，以及淡霧籠罩的小路，全部都不見了。

出現在眼前的是自己熟悉的房間，一切都恢復了原狀，完全沒有任何改變。莉莉雙腿癱軟，坐在整理到一半的凌亂地板上。

不，並不是一切都恢復了原狀——雪寶不見了，它既不在莉莉的懷抱中，也不在房間內的任何地方，因為莉莉剛才把它寄放在魔法師的店裡了。

莉莉突然覺得心情輕鬆起來。以後不必再為雪寶擔心了，至少可以在那裡保管十年。如果娜拉問起，就告訴她「已經丟掉了」，至少能解決眼前的問題。

「雪寶，我絕對會去把你接回來。」

莉莉小聲的對自己說完後，開始整理亂成一團的衣櫃。

✲

時光荏苒，歲月如梭。

起初莉莉整天掛念著雪寶，但日子一久，也就漸漸淡忘了，因為每天都有新的事情發生。她和娜拉大吵一架後離家出走，爸爸對她說：「如果你不想住在家裡，就去住宿舍。」接著，她上了大學，遇到了優秀的男生，忍不住怦然心動。

記憶不斷刷新，莉莉漸漸完全忘記了十年屋和雪寶的事。

然後……

有一天，莉莉在客廳的沙發上看著書，茶几上的熱牛奶冒著熱氣，旁邊放了一塊巧克力。她正享受著片刻的悠閒。

莉莉享受著優雅的時光，翻了一頁。下一頁出現一幅插畫，是一隻小貓在圍牆上走著。

這時，發生了一件神奇的事——插畫中的貓突然看向莉莉。

莉莉嚇了一跳，說不出話，那隻貓用兩隻腳站立，像是個魔術師般拿出卡片遞給莉莉。

莉莉大吃一驚，情不自禁的伸手去拿卡片。

那張卡片從翻開的書中飄落在地，她立刻撿了起來，慌忙打量著書本——貓恢復成原來插畫的樣子，既沒有動作，眼睛也沒有看著她。

「這到底是怎麼回事？」

莉莉偏著頭，看向從書本中掉落的卡片。對折的卡片四周畫了蔓草圖案，用優美的字寫著「十年屋」三個字。

「啊！」

她在轉眼之間清晰的回想起遺忘的記憶，很納悶自己為什麼忘了這件事。

「雪寶……十年屋先生……客來喜……雪寶。」

莉莉慌忙翻開卡片的背面，上面寫了以下的內容。

莉莉·康坦絲小姐，十年不見了，謹以此信再次向你致意。不知是否

別來無恙？本店為你保管的物品期限即將屆滿，如果你想取回物品，請打開這張卡片。如果你無意取回，請在這張卡片上畫一個X，代表結束合約，你所寄放的物品將正式歸本店所有。

十年屋敬上

莉莉來來回回讀了兩次卡片內容，重重的坐在沙發上。

「原來已經過了十年的時間了啊！」回想起來，那時候自己才十五歲，而莉莉現在已經二十五歲了。而且那個十年前的瘦小女孩已經在兩年前結了婚，現在是個年輕的小姐了。回想當時的自己，和現在的莉莉已經完全不一樣了。

但是，雪寶應該還是原來的樣子。

雪寶——那是媽媽親手為莉莉做的兔子娃娃，很可愛，也充滿了回憶。當時差一點被繼母娜拉丟掉，但她不願意看到雪寶被丟掉，於是送去十年屋保管。

莉莉回想起自己重要的東西可能被丟掉時所感受到的焦急、憤怒和恐懼，也想起當時心痛的感覺，但她此刻的心情很平靜。也許是因為已經和娜拉和解，她才能夠保持這種平靜。

兩年前，在莉莉婚禮的前一天，娜拉交給她一個很大的箱子，裡頭裝滿了莉莉媽媽的衣服和飾品。

娜拉向她坦承，當初說「把莉莉媽媽的東西全都丟掉了」是騙她的，其實全都收起來了。

「那時候真的很對不起你，但是……請你聽我說理由。那個家裡全都是你媽媽的影子，無論是餐具櫃裡的盤子、擺設，還有床罩，全都是她留下的，我覺得根本沒有我的容身之處，所以我當時很害怕，也氣得牙癢癢的。為了讓那裡變成我的家，我才把你媽媽的東西全都收了起來。我以為只要你不會想起你媽媽，就會和我建立感情……我當時想得太膚淺了，真的很對不起。」

娜拉哭著向她道歉，莉莉也原諒她了。因為那些重要的物品又回到自己手上，而且莉莉長大之後，也能夠體會娜拉當時的心情。兩年後的現在，她更加了解娜拉的想法。

「她當時一定也很痛苦，急著想要趕快成為我的媽媽。」莉莉小聲嘀咕著，輕輕摸著自己的肚子。她的肚子已經隆起，兩個月後，她就要當媽媽了。

莉莉打算把雪寶送給自己的孩子，她相信雪寶一定會守護孩子，就像曾經陪伴她一樣，陪伴著她的孩子，雪寶會傾聽孩子說心事，也會讓孩子遠離惡夢。

「只是……雪寶會不會太老舊了？」莉莉隨即推翻這個想法——不會不會，只要洗乾淨，雪寶的毛一定會恢復成雪白色，即將掉落的眼睛也只要用針線縫一下就好了。等孩子長大之後要告訴他，「這個娃娃是你外婆為媽媽做的，它曾經是媽媽的好朋友，也因為它是媽媽最心愛的東西，所以要送給媽媽最心愛的你。」

「雪寶……我現在就去接你。」

莉莉小聲說著，緩緩打開了卡片。

2 傲慢的相簿

瑪珂氣得七竅生煙，因為她和男朋友譚恩吵架了。

他們為了野餐的事吵架——原本計劃在假日到海邊野餐，所以譚恩從好幾天前就在張羅這件事，還為此向朋友借車，也準備了野餐器具和陽傘。

沒想到在野餐當天，瑪珂突然說不想去了。因為她仔細想了想，覺得去海邊野餐一點都不好玩，而且海風還會把皮膚吹得黏答

答，也會吹亂好不容易整理好的頭髮。她更不想踩得滿腳都是沙子，而且她昨天剛買了新衣服和新鞋子，很想到街上炫耀一番。所以當譚恩來接她時，她說：「我不想去野餐了，今天要不要去看電影？」

譚恩平時面對瑪珂的任性都十分隱忍，但這次難得動了怒。他不發一語回到車上，開走車子，把瑪珂獨自留在原地。

在那之後，他既沒有打電話，也沒有傳訊息給瑪珂，當然也沒有來找她。

這件事惹惱了瑪珂。由於譚恩平時都順著她，所以她非常震驚，沒想到他竟然會為這種小事生氣。

「搞什麼啊，我們從小一起長大，他應該很了解我的脾氣，竟然為這種事生氣，真是太過分了。唉，我們結束了，原本還想嫁給他呢！我不想理這種人了，嗯，沒錯，我要找更出色的男朋友！」瑪珂在心裡下了決定。

「既然這樣，就要澈底忘記譚恩才對。」

於是，瑪珂開始大掃除，打算把有關譚恩的東西全都丟掉。他們從十七歲開始交往，現在瑪珂已經二十二歲了。

她把譚恩送給她的禮物全都丟進了垃圾桶，無論是鞋子、衣服、飾品和可愛的小擺設，還有去廟會時買的面具、玩打靶時獲得的獎品……

她把這些東西統統都丟進垃圾桶，最後拿起一本厚厚的相簿——這是最重要的東西——不過，既然她打算要和譚恩分手，絕對要丟掉這本相簿。

但是，瑪珂打算在丟掉之前再看一次，於是她翻開了相簿。每一頁都貼滿照片，那些全都是譚恩在約會時為她拍的。

譚恩很喜歡拍照，在讀書時期拚命存錢買了貴重的相機。雖然瑪珂更希望他用這些錢買漂亮的禮物送給自己，但譚恩用當時還很稀有的相機為她拍了很多照片，也讓她很有面子。

而且，譚恩總是把她拍得很漂亮。雖然每次別人調侃說：「譚恩真的很會拍照！」她都反駁說：「那是因為我很漂亮。」，但現在靜下心來仔細看，瑪珂覺得譚恩果然把自己拍得很美。

「笑一個。嗯，很美！保持這個笑容。」

瑪珂想起譚恩拿著相機時對自己說的話，也想起了以前和譚恩一起看過的風景、在約會時一起吃的冰淇淋，以及初吻時內心小鹿亂撞的感覺。

回憶不斷浮上心頭，她感到胸口發悶，眼淚也忍不住流了下來。

「我為什麼要為那種人流淚，真是太不甘心了！」

但是不知道為什麼，她無法把這本相簿丟進垃圾桶。她覺得自己不可以這麼做，而這種想法又讓她覺得很不甘心。

正當她咬牙切齒又猶豫時，突然發現地上有一張深棕色卡片。瑪珂覺得很奇怪，想著：之前有這張卡片嗎？可能是剛才從門縫底下塞進來的，說不定是譚恩的道歉信！

她把相簿丟在一旁，跑過去撿起卡片，沒有仔細看寄件人的名字，就打開了對折的卡片。

隨著「啪哩」一聲，卡片散發出了一股宜人的香氣和金褐色的光，包圍了瑪珂。她感到那道光線很刺眼，忍不住用手遮住臉，直到覺得光線消失後才放下手，這時，她大吃一驚。

因為不知道什麼時候，她已經來到一條陌生的小路，小路上霧氣瀰漫，那裡有一排紅磚商店，但窗戶和門上都拉起了簾子，完全感受不到有人的動靜。

只有其中一家店與眾不同，發出溫暖的光線，好像在說「歡迎光臨」。

「這到底是怎麼回事！」

瑪珂雖然膽戰心驚，但還是決定去那家燈火通明的店鋪。她打算詢問店裡的人這裡是哪裡，然後向他們借電話，找譚恩來接她。

雖然目前還在吵架，但畢竟他還是自己的男朋友，她覺得，只要譚恩知道自己遇到了麻煩，一定會飛奔而來。

「然後我再把他甩掉！」瑪珂心想。

不知道譚恩聽到她說要分手，會露出怎樣的表情。

瑪珂邊想著這些事，邊推開有鑲嵌玻璃的白色大門。

「叮鈴鈴。」

白門發出了好像在搖鈴鐺般的聲音。

一走進店內，瑪珂立刻皺起眉頭。因為這家店裡塞滿了東西，而且每一樣都很陳舊，說好聽點是古董，但有許多東西一看就覺得是破爛。

「嗚呃……」

瑪珂忍不住發出嘆息，因為她最討厭老舊的東西。雖然這個世界上有些窮人會心存感激的使用二手物品，但她絕對不想成為這樣的人。

她心浮氣躁的向前走，很怕自己的身體和頭髮沾到這些舊東西的氣味。

這時，她看到前方有一個櫃臺，有個年輕男人坐在櫃臺前。他穿著潔白的襯衫，搭配深棕色西裝背心和長褲，領口繫了一條很有時尚感的孔雀石顏色絲巾。時下的年輕人很少這樣打扮，但穿在他身上特別有型。

他那頭柔軟的栗色頭髮微微鬈曲，擁有一雙琥珀色的眼睛，戴著銀框眼鏡，雖然整個人的感覺有點老氣，但他的五官很迷人。總之，眼前的這個人全身散發出與眾不同的「特別」感覺。

「不錯喔。」

瑪珂一廂情願的把眼前這個年輕男人想像成未來的男朋友。

男人面前坐著一隻橘色的貓。不知道他是怎麼調教的，那隻貓竟然像小孩子一樣坐在櫃臺上，甩著兩條腿，靈巧的用前腳拿茶杯，而且還穿著黑色西裝背心，打了領結。

瑪珂皺起眉頭。因為以前曾被貓抓過，所以她很討厭貓。她用不悅的聲音開了口。

「請問……」

「啊，原來有客人啊，歡迎光臨。」

「我並不是什麼客人，可不可以先把這隻貓趕走？我討厭貓。」

男人雖然露出一絲生氣的表情，但隨即對貓點了點頭。那隻貓也對男人點了點頭，然後從櫃臺跳了下來，往後方走去。說也奇怪，那隻貓竟然是用兩隻腳走路。

男人對漸漸走遠的貓說：「客來喜，咖啡和茶都不用準備了。」

「當然喵。」那隻貓用可愛的聲音回答。

瑪珂這次真的大吃一驚——那隻貓竟然像人一樣會說話，而且那個人也一副理所當然的態度。

瑪珂頓時感到頭昏眼花，隨即了解眼前的狀況——自己原本在家裡，突然來到一個陌生的地方，這裡有一隻貓會像人類一樣走路，而且眼前的男人散發出一種不可思議的氣質。

「你該不會是魔法師吧？哇，這是我第一次遇到魔法師耶。」

「是嗎？但我的事不重要。」

男人說話的措詞很客氣，但態度很冷淡。

「你的事比較重要。既然你來到本店，顯然代表你有什麼捨不得丟棄的東西希望由本店保管，就是你手上的相簿嗎？」

瑪珂明明記得剛剛把相簿留在家裡了，現在卻發現自己竟然抱在手上。這簡直太神奇了，她越想越興奮。

「嗯，這都是我男朋友為我拍的。」

「原來是這樣，請借我看一下。喔，拍得很不錯……可以感受到拍攝的人內心充滿了愛。」

「但是這份愛已經變成了過眼雲煙，他突然對我很冷淡，我們之間結束了。」

瑪珂把自己想成悲劇的女主角，說話時眼眶泛淚，然後假裝擦拭眼淚，並偷偷瞄了魔法師一眼。但是魔法師和剛才一樣，露出淡淡的微笑，完全沒有表達一絲同情，也似乎對她的故事沒有興趣。

瑪珂雖然有點生氣，但仍然拚命扮演一個「可憐的女人」，滔滔不絕的說著譚恩有多麼自私無情。

「所以我決定整理一下周圍環境，不要再受他影響了。至於這本相簿……因為裡面都是我的照片，所以總覺得丟掉似乎不太好。」

「是啊，這些照片可以感受到拍攝者的靈魂，所以無法輕易丟棄。原來是這樣，難怪你會收到邀請函。」

「邀請函？喔，你是說那張卡片嗎？」

「對，本店專門為客人保管重要的物品，保管期間的上限是十年。因為使用了魔法保存，所以保管的物品絕對不會有損傷或是劣化的情況發生，但必須支付一年份的壽命作為保管報酬，你確定要交給本店保管嗎？」魔法師看著瑪珂問。

瑪珂看著那雙琥珀色的眼睛，忍不住陶醉不已，她以前很少看到有人的眼睛是這種顏色。

這個人真的很不錯，瑪珂暗想。

「小姐？」

「啊？喔，呃，你剛才說什麼？」

「你真的要把相簿交給本店保管嗎？還是放棄？在本店保管的十年期間，你應該能夠想好，並且下定決心，知道最終要如何處理這本相簿，但如果你捨不得用一年的壽命支付，我也不會勉強你，全都由你自己決定。」

瑪珂聽了這番話，迅速思考起來。她已經暗自決定，她要追到這個魔法師。

瑪珂心想，如果有一個魔法師男朋友，應該什麼事都會很方便，她也可以向其他人炫耀。無論如何，都要把這個男人追到手。既然自己要追求這個男人，當然必須和他建立關係。相簿根本不重要，但只要把東西寄放在這裡，就可以有藉口再來找他。代價是壽命？那又怎麼樣？即使用壽命支付也沒有問題，反正才一年而已，當我變成雞皮鶴髮的老太婆，少活一年我還求之不得呢！

於是瑪珂點了點頭。

「好的，我願意用壽命作為代價，請為我保管。」

「好，那我來準備合約。」

之後，魔法師針對合約內容嘮嘮叨叨說了很多話，瑪珂幾乎充耳不聞，滿腦子只想著要怎麼把這個魔法師追到手，以及當他成為自己的男朋友之後，要他為自己實現什麼願望。

所以，她只是點頭敷衍，當魔法師遞上黑色皮革記事本時，她不加思索的便簽了名。

「這樣就完成了。本店將為你保管這本相簿，那麼，就請你回程路上小心。」

魔法師指著大門說，瑪珂忍不住著急起來，如果自己就這樣回去，等於白白支付了壽命，她還沒問魔法師的名字呢。

於是，她用溫柔的聲音問：

「請問……我可不可以偶爾來這裡看相簿？而且，我還沒有請教你的名字？」

「我的名字不值得一提，你可以叫我十年屋……當你真正需要這本相簿時，通往本店的路會再度出現在你眼前。再見。」

魔法師這麼回答，他說這句話的聲音有點尖銳。

「不要繼續在這裡胡鬧了，趕快離開。」瑪珂覺得魔法師似乎在這麼對她說，所以有點火大。

「搞什麼啊，虧我還想創造機會，讓我們可以相互認識一下。算了，今天就先回家吧。」瑪珂怒氣沖沖的走出了那家店。

沒想到一走出門，就立刻回到了自己房間，真的只有一眨眼的工夫而已，她忍不住拚命眨著眼睛。雖然感覺好像做了一場夢，但她的確遇到了魔法師，最好的證明，就是她找遍整個房間，都沒有看到那本相簿。

瑪珂得意的笑了起來，她覺得接下來只要再去找那個魔法師，讓他發現自己的魅力就好，這件事太簡單了。

「我這麼可愛，也知道怎樣撒嬌、怎麼笑可以讓別人喜歡自己，相信即使是魔法師，也絕對無法抗拒我的魅力。對了，等我去把那些垃圾丟掉，就去買新衣服，不知道那個魔法師喜歡哪一種類型的女生？看起來時尚但不會太花俏的淺色洋裝應該不錯？」

瑪珂一邊想著這些事，一邊把好幾個塞得滿滿的垃圾袋從房間搬出去。

兩個星期過去了。

瑪珂很沮喪，因為她始終無法見到那個魔法師。

在那天之後，瑪珂一直希望可以再去那家店，也曾經握著雙手祈禱，但始終無法如願，無法啟動魔法，那家店和魔法師都沒有出現在眼前。

雖然她也想主動去找魔法師，但不知道那家店在哪裡，甚至不知道那裡的地名，即使自己再怎麼查地圖，也完全找不到。

瑪珂想，要讓那個魔法師當自己的男朋友似乎不太可能了。

當她終於決定放棄，準備開始找新的對象時，一個意想不到的人出現在她眼前——那就是譚恩。

已經三個星期沒有見面的譚恩看起來很疲憊，頭髮凌亂，沒刮鬍子，衣服也皺巴巴的，看起來非常邋遢，而且兩隻眼睛下面都有黑眼圈。

但他看到瑪珂，立刻露出興奮的表情。

「瑪珂，你最近好嗎？」

瑪珂非常生氣的質問譚恩：

「你還來這裡幹什麼？我不想看到你，趕快走吧。」

見她咄咄逼人，譚恩雙眼垂下，滿臉歉意的說：

「真的很對不起，那一陣子我壓力很大。我其實沒有告訴你，前幾週我正負責一個很大的專案工作，精神壓力也很大，原本希望假日和你在一起時可以好好放鬆，但你那天說的話讓我很生氣。平時我都覺得算了，只不過那天卻忍無可忍，對不起……」

「你現在道歉也來不及了，而且都已經過了三個星期，你還好意思來道歉，你也想得太美好了！」

「這是有原因的。那時候，我負責的專案工作出了問題，我根本無法離開公司，也沒辦法回家、沒時間發訊息給你……但是，我的努力終於有了回報。」

「什麼回報？」

「因為這個工作成果很成功，所以我升遷了，而且也一口氣加了不少薪水，以後就可以讓你過好一點的生活了。我這個人很無趣，但你的開朗和性情多變就像是太陽，我需要你，所以，請你嫁給我。」

譚恩說完，從口袋裡拿出一個小盒子交給瑪珂。盒子裡是一枚戒指，戒指上鑲了一顆很大的鑽石，發出耀眼的光芒。

瑪珂被鑽戒的光芒吸引，下一剎那，她緊緊抱住譚恩的脖子說：「好啊！當然好啊！既然這樣，我願意嫁給你！」

瑪珂告訴自己：「我果然很愛譚恩！譚恩是全世界最棒的人！雖然他其貌不揚，但個性很溫柔，對我百依百順。而且既然他最近加薪了，以後有可能變成有錢人，能當個有錢人的太太也不錯。」

瑪珂讓譚恩為她戴上求婚戒指，並開始思考著未來的幸福，越想越陶醉。

之後的一切都很順利。他們兩個人一起找了新房子，買了家具和餐具。除此之外，還要張羅婚禮，印喜帖、預約漂亮的花園餐廳、預訂大型婚禮蛋糕，當然還有婚紗。

瑪珂去了很多家婚紗店，最後挑選一件鑲滿小珍珠的豪華婚紗。雖然價格很昂貴，但瑪珂堅持要買。

「這件婚紗簡直就是為我量身打造的。」

瑪珂在試穿時露出了滿意的笑容，譚恩也露出滿臉幸福的微笑對她說：「你真的很美。啊，對了，我之前給你的照片都在你手上吧？」

「嗯？為什麼要問這件事？」

「因為我想，既然要舉辦婚禮，就要在婚宴會場貼滿你的照片，讓來參加婚禮的賓客知道你以前有多漂亮，現在更漂亮了，不覺得這是個好主意嗎？」

「是……是嗎？可是這樣感覺有點自戀，我……有點不好意思……我看還是算了？」

「瑪珂，拜託你了，這件事可不可以聽我的？其他所有的事都由你決定。」

譚恩從來沒有這麼堅持過一件事，既然這樣，瑪珂也無法拒絕，只能心不甘情不願的點頭答應。

「好吧，但我之前整理房間時，不知道把那本相簿放去哪裡了，可能需要花點時間才能找出來，你可以給我一點時間嗎？」

「沒問題啊，只要在婚禮之前找出來就行了。」

「嗯……」

之後，他們又去一家不錯的餐廳吃飯，在街上散步後，才回到各自的家裡。

瑪珂一回到家中，立刻用力抓著頭。剛才她在譚恩面前一直面帶笑容，但其實內心著急得像熱鍋上的螞蟻。

「相簿當然還在，只是目前在一個名叫十年屋的奇怪魔法師手上！譚恩真是莫名其妙！為什麼提出這種要求？唉，現在該怎麼辦？我現在就想要那本相簿！我要把我的相簿拿回來！」

正當她這麼想的時候，眼前出現了一片霧……

瑪珂發現自己不知道在什麼時候又來到「十年屋」這家店。

之前她想要見那個魔法師時，無論怎麼想都無法如願。

「雖然搞不懂這是怎麼一回事，但真是太好了！」瑪珂急忙衝進店內，直奔櫃臺。

魔法師坐在櫃臺前，那隻貓也在，不過牠一看到瑪珂，就立刻跑去後面，不見蹤影了，但是瑪珂根本不理會這種事。

「咦？原來是你啊？怎麼了？」

現在瑪珂即使看到眼前溫和發問的魔法師，也完全沒有心動的感覺了。

之前自己那麼渴望見到他，在接受譚恩求婚之後，就覺得他像路旁的石頭一樣。現在的譚恩果然是未來有保障的好對象，比這種莫名其妙的魔法師好多了。

所以瑪珂沒有打招呼，開門見山的對他說：

「我和我男朋友和好了，我們決定要結婚，而且要在婚宴上展示以前拍的照片，請你把相簿還給我，沒問題吧？」

「當然沒問題，合約上規定，只要在十年之內，你隨時都可以拿回去。」

魔法師立刻把相簿拿出來，瑪珂馬上伸手搶過，才覺得鬆了一口氣。

「這下子終於可以放心了。」

不過，她想到一件事——她必須向魔法師要回自己的壽命。

她之前付了一年的壽命交換保管十年的期限，但實際上只保管了兩個月而已。保管短短兩個月就要付一年的壽命，這未免太不合理了。

於是她對魔法師說：

「你可不可以把我的壽命還給我？」

「你說什麼？」

「我說，我要你把壽命還給我，因為我的相簿放在這裡只有兩個月而已。如果是十年，當然沒話可說，但我不想為了短短兩個月支付一年的壽命，無論怎麼想，都覺得太不划算了，所以請你還給我。」

「請恕我無法這麼做。」

「為什麼？」

「關於這個問題，我事先已經說明過了。即使代為保管期間未滿十年，也無法歸還一年的壽命。」

「我根本不知道這件事。」

「……」

「而且既然是這麼重要的事，不是應該大大的寫在合約上，或是張貼在店裡的牆上嗎？我完全沒有看到相關的文字。你用魔法誆騙客人，然後要求客人簽下對你有利的合約，這根本是詐欺，這是犯罪，如果我去報警，你就會遭到逮捕！」

「……」

「如果你不希望我這麼做，就趕快把我的壽命還給我！你這個騙子，趕快把壽命還給我！」

魔法師立刻變得面無表情，看起來很可怕。

「好吧，既然你堅持這麼說，那我就還給你。」

魔法師用沒有起伏的聲音說完後，拿出瑪珂之前曾經看過的黑色皮革記事本，撕下其中一頁——就是瑪珂之前簽了名的那一頁紙。

魔法師把那張紙遞到瑪珂面前時對她說：「這就是當時和你簽的合約，只要撕掉這張紙，我們之間的合約也就失效了，你的壽命會回到你身上。我猜你一直都是用這種方式待人處事，凡事都要別人按照自己的意思，強迫別人接受你的任性自私，但你遲早會自食其果，而且也一定會讓你付出巨大的代價。」

「不要這麼不乾不脆，說這種莫名其妙的話！」

瑪珂冷笑一聲，把合約撕成兩半，又把紙張撕得粉碎，故意丟在地上後說，「那我就走了。」就走出那家店，再度回到自己的房間。

「啊，太痛快了！」

終於把相簿拿回來了，雖然要回壽命時發生了小摩擦，但反正已經要回來了。瑪珂對於一切都如了自己的願感到心滿意足。現在不需要擔心任何事，也沒有任何問題了，只等婚禮那一天。瑪珂看著手上的訂婚戒指，露出陶醉的眼神。

✲

又過了兩個月，終於來到婚禮的日子。這一天的天氣晴朗，很適合在花園舉行派對。瑪珂很高興他們這次包下了整家花園餐廳舉行婚禮，一切都很完美。

「但最完美的當然就是我。」瑪珂心想。

她身穿精心挑選的婚紗，覺得自己美得彷彿整個人都在發亮，前來祝賀的賓客都忍不住驚為天人。

「瑪珂，你真的太美了。」

「你簡直就像公主一樣。在婚禮之前，大家在這裡拍一張紀念照吧。」

「好主意。攝影師，你過來一下，為我們拍一張照片。」

瑪珂在堂姊妹和朋友的包圍下，露出燦爛的笑容，對著鏡頭擺出了姿勢。她在婚禮這一天請來專業攝影師，因為攝影師一定會拍出很美的照片。

「那我要拍囉，好，笑一下！」

喀嚓一聲，相機發出了按下快門的聲音。

「要不要再去漂亮的紫藤花那裡拍一張？瑪……啊啊啊！」

朋友看著瑪珂，突然尖叫起來。

「幹麼！不要嚇人好不好！」

「瑪、瑪珂……你的臉、你的臉……」

「啊？怎麼了？脫妝了嗎？真討厭，誰有小鏡子？借我看一下。」

「……」

「怎麼了？趕快借我啊！」

堂妹雙手顫抖的把小鏡子遞給瑪珂。瑪珂一把搶了過來，看向小鏡子。

停頓片刻後，她發出了震耳欲聾的尖叫聲。

原本在新郎休息室的譚恩聽到瑪珂的尖叫，立刻跑了過來。

「瑪珂，怎麼了？沒事……啊？」

當譚恩看到她時，也忍不住愣在原地。

只見前一刻還青春洋溢的二十二歲新娘，竟然一下子顯得蒼老，皮膚變得鬆弛，臉上出現許多雀斑和黑斑，原本富有光澤的頭髮也失去了光彩，還出現很多白髮；原本細緻的腰線和像精靈般纖細柔美的手腳突然出現了許多贅肉，幾乎快把她身上的婚紗撐破了。

無論怎麼看，瑪珂都像一下子老了二十歲。

「為什麼！為什麼會這樣？我不要，我不要！我不要這樣！」

瑪珂陷入了慌亂，大聲哭喊起來。由於太出人意料，所有人都愣在原地看著這一幕。

這時，一名老婦人走了過來。她一頭白髮，駝著背，拄著拐杖，但眼神很銳利。瑪珂記得她，她是譚恩的姨婆。

姨婆語重心長的說：「這是詛咒，你是不是曾經激怒魔法師？」

「啊？」

瑪珂立刻想到了「十年屋」，但仍一個勁的搖頭。怎麼可能因為那種事受到詛咒？

「怎、怎麼可能……我、只是要求他把我多付的代價還給我而已啊。」

「把你多付的代價還給你？所以你毀約了嗎？你真是做了件傻事啊，對魔法師來說，合約是最重要、最神聖的東西，既然你先毀約了，魔法師當然會生氣，所以才會做這種事。多虧了那個魔法師，現在大家終於了解你的本性了。」

姨婆用冷漠的語氣說完後，轉頭面對譚恩說：「譚恩，這個婚不要結了，她在你眼中應該是獨一無二的美女，或許你認為即使她現在很任性，只要你真誠相待，總有一天她會改變，但是，她不會。她輕率的仰賴魔法，而且還激怒魔法師，她只會為你帶來不幸。」

瑪珂氣得渾身發抖。雖然她現在腦袋一片混亂，但絕對不准別人侮辱自己。

「這個死老太婆在說什麼鬼話！即使我看起來稍微有點年紀，譚恩也不會離開我，因為譚恩眼中只有我，他愛我愛得無法自拔。」瑪珂心想。

「譚恩……你是不是很愛我？你是不是比任何人更愛我？對不對？」

她露出像小狗般的眼神，用甜美的聲音向譚恩求助。

「對，瑪珂……你太可憐了，但是你不用擔心。你……你知道是哪裡的魔法師詛咒你嗎？我去和他談判，拜託他讓你恢復原來的模樣。」

「是、是一家名叫『十年屋』的店，裡面有一個魔法師……這件事都要怪你，如果不是你突然說要那本相簿裡的照片，就不會發生這種事了，這是你的錯！」

聽到瑪珂忍不住怪罪自己，譚恩的身體抖了一下。

他緩緩放下原本抱著瑪珂的手。

「譚恩？」

「我……我一直以為只要稍微忍耐一下就好，我以為只要我們成為一家人之後……你就會改變……看來我的想法太自以為是了。你的人生和性格都屬於你自己，我試圖改變你就是一種錯誤。」

譚恩站起來，向後退了一步。

「希望你以後繼續活出自我，但恕我無法繼續奉陪了。」

「譚恩！等、等一下！」

但是，譚恩轉過身，頭也不回的離開了。

瑪珂呆若木雞。

「譚恩竟然丟下我自己離開了……他要去哪裡？馬上就要說結婚誓詞了，為什麼要走呢？他到底去哪裡了？」

瑪珂搞不清楚狀況，看向周圍的人。

結果包括瑪珂家人在內的所有人，都露出難以置信的眼神看著她，然後……

每個人都像譚恩一樣離開了。

休息室內只剩下瑪珂一個人，但她仍然沒有離開。

「我沒有錯。對啊，我根本沒有錯，都怪那個黑心魔法師詛咒我。但是，不用擔心，譚恩一定會回來，他一定會像童話故事中的王子一樣來拯救我。」

瑪珂就像鸚鵡一樣，一直重複這句話，等待有人來救她。

但是，沒有任何一個人來。

3 約定的雪人

男孩珞珞今年九歲。雖然他才九歲，但他喜歡上一個人了。她是住在隔壁公寓的柯麗，今年也是九歲。她的睫毛很長，說話的聲音像銀鈴般清脆，珞珞覺得柯麗是世界上最可愛的女孩。

不過，柯麗體弱多病，沒辦法去學校上課，因此父母為她請了家教，但即使家教上完課，她也無法出門玩，因為柯麗的媽媽絕對不同意她出門。

所以珞珞每次都去柯麗家玩，為了讓柯麗開心，他都會帶一些小東西給她，像是放學路上撿到的橡實、鳥的羽毛，奇特的石頭，還有去圖書館借的書。柯麗每次都很高興，而珞珞看到她的笑容，也覺得很開心。

有一天，他們像往常一樣在柯麗的房間內玩，當他們一起用橡實做陀螺時，柯麗突然看著窗外，嘆了一口氣。

「冬天快到了。」

「你討厭冬天嗎？」

「嗯，因為當大家在外頭玩雪時，我也不能出門玩，爸爸和媽媽每次都說我不可以去玩雪。」柯麗低下頭，落寞的說她好想堆雪人。

珞珞想讓柯麗開心一點，立刻對她說：「那下次下雪的時候，我會為你堆一個很漂亮的雪人，做好之後就帶來給你，而且我會把雪人的臉留給你裝飾，到時候你就可以用彈珠和鈕扣做出你喜歡的雪人了。」

「真的嗎？這樣的話……我就有點期待冬天到來了。」柯麗笑了起來，就像春天的蒲公英般，珞珞最喜歡她的笑容。

好，那我一定要認真堆雪人。既然要堆，就不要堆普通的雪人，而是要堆一個有特色的。柯麗喜歡貓，那就堆一個貓雪人給她。珞珞這麼想著，很期待趕快下雪。

風越來越冷，樹上的枯葉也漸漸掉光，氣溫越來越低，早上還可以看到霜柱，然後……

終於下起雪了。那是珞珞盼望已久的雪，而且不是一場小雪，而是含有水氣的大雪，這樣的積雪量一定可以堆出漂亮的雪人。

因為剛好是星期天，天還沒亮珞珞就衝出門外。他知道其他小孩子一定也摩拳擦掌，準備去玩雪，如果被別人搶先踩過或是弄亂，就會破壞好不容易堆積起來的雪了，所以他必須在別人玩雪之前開始堆雪人。

珞珞跑去附近的空地，那裡果然積了很厚的雪，更令人高興的是，那裡的積雪沒有被任何人踩過，還很乾淨。

「太好了！」

珞珞喘著氣開始堆雪人。一開始，他抓了一大把雪，然後用力壓得很結實，做成雪球，再把做好的雪球在雪地上滾來滾去，讓它變得更大。

「如果做太大，就沒辦法帶去給柯麗了。」

他做成適當的大小後，又開始做一顆比較小的雪球，然後把小雪球放在大雪球上，再把帶來的水淋在雪球上。因為戶外的氣溫很低，所以水很快就結了冰，成為最理想的黏合劑。

珞珞把兩顆雪球牢牢的黏在一起後，就開始把它做成貓的造型。他很擅長美勞，尤其是黏土，每次都是班上第一名，還曾經在兒童美勞比賽中獲得冠軍呢。他運用美勞的本領，把雪人做成貓的形狀，再裝上尖尖的耳朵，然後用湯匙刮掉貓臉上的雪，慢慢做出鼻子和嘴巴的形狀。

珞珞花了一個多小時，終於做出滿意的貓雪人。相信無論誰從哪個角度看，一定都會說：「這是貓雪人耶，你做得太像了。」只差再裝上鬍鬚和眼珠子就能完成，不過，最後這個步驟他要留給柯麗。

珞珞輕輕抬起雪人，好像抱嬰兒一樣，小心翼翼的抱在懷裡，準備搬去柯麗家。雪人很重，他停下來休息了好幾次，但始終沒有把雪人放在地上。

最後，他終於順利把雪人搬到了公寓的二樓，完全沒有任何損傷。他站在柯麗家門口，大聲叫了起來。

「柯麗！我是珞珞！開門，柯麗開門！」

平時只要聽到珞珞的叫聲，柯麗或是柯麗的媽媽就會馬上來開門。但是，這天他叫了好幾次，都沒有人來。他豎起了耳朵，發現門內靜悄悄的。

太奇怪了，今天應該不是柯麗去醫院回診的日子啊，珞珞歪著頭納悶的想著。

這時，柯麗家的房東走出家門，準備打掃走廊，他看到珞珞後說：「他們不在家。」

「他們去哪裡了？」

「不知道，只是昨天晚上聽到他們匆匆忙忙出門了。柯麗似乎很不舒服，她爸爸用毛毯裹住她，把她抱在懷裡，可能是要送她去醫院吧。」

「……」

「你不要露出這種表情，你那個『可愛的朋友』一定很快就會恢復健康，再回到家裡，以前不都是這樣嗎？」

珞珞看到那個房東故意笑嘻嘻的這麼說，忍不住想生氣。大人總是這樣，每次聽到小孩子說有喜歡的人，就會取笑人，把小孩子當傻瓜。

雖然珞珞很生氣，但還是向房東道謝，回到了自己家中。但是因為不能把雪人放在家裡，只好放到陽臺上。幸好珞珞家的陽臺剛好不會晒到太陽，加上現在天氣很冷，應該不會馬上融化。

「接下來只要等柯麗回家了。」珞珞心想，柯麗應該又是突然發燒了，但她每次去醫院打完針後，很快就會康復，相信她這次應該也會馬上回家。

珞珞坐在窗邊，一邊玩拼圖，一邊注意觀察窗外，以免錯過柯麗回家的時間。

但是，他等了整整一天，柯麗和柯麗的爸爸、媽媽都沒有回家。珞珞看著天色越來越暗，有一種不祥的感覺。也許柯麗的病情比之前更嚴重了。

他的預感成真，第二天、第三天，柯麗都沒有回家。

這次真的和之前不一樣。

珞珞非常擔心，每天都在柯麗家門前的走廊上走來走去。房東看到珞珞後，向他說明柯麗的情況。原來是珞珞去學校上課時，柯麗的媽媽曾經回到家裡。柯麗的媽媽告訴房東，柯麗的這次身體狀況真的很差，醫生準備為她動手術，所以今年冬天她都會住在醫院裡了。

「怎麼會這樣？」珞珞感到眼前一片漆黑。不久之前，他們還一起開心的哈哈大笑，他完全沒想到柯麗的身體狀況竟然這麼不好。不知道柯麗動手術會不會痛，她沒問題嗎？希望她不要哭。珞珞滿腦子充滿了不安的念頭。

他原本就很沮喪，沒想到晚上又聽到另一個不好的消息。

吃晚餐時，媽媽隨口說：「對了、對了，我剛才聽收音機時聽到，明天會像春天一樣暖和，外面的積雪也會完全融化。」

「是嗎？那真是太好了。」爸爸開心的點著頭。

「天氣終於要暖和了，真讓人高興，但一旦積雪融化，馬路就會變得溼答答，這有點傷腦筋呢。」

「明天最好穿雨鞋出門。」

只有珞珞愁眉苦臉的吃著餐盤裡的馬鈴薯，因為他聽到爸爸和媽媽的對話後，想到一件事——

「天氣會變暖和？積雪會融化？那雪人怎麼辦？之前因為天氣都很冷，所以雪人仍然好好的。但萬一稍微融化，那我的努力就全毀了。當初為了送給柯麗，做得很賣力，真希望至少可以讓她看一眼。該怎麼辦呢？」珞珞著急起來。

「既然這樣，要不要乾脆把雪人搬去醫院？不行，醫院太遠了，我一定做不到。而且雪人那麼重，馬路也很溼滑，容易跌倒。但是如果我慢吞吞走在路上，雪人就會融化。」珞珞想過幾個方式，雖然他也很想把雪人放在某個地方保存，但這麼大的一個雪人，放不進家裡冰箱的冷凍庫中。「唉，該怎麼辦？到底該怎麼辦才好？」珞珞很苦惱。

他心神不寧的吃完晚餐，走到陽臺上。雖然天氣仍然很冷，但已經沒有昨天那麼冷了。

「媽媽說的沒錯，明天一定會很暖和。」珞珞很苦惱。珞珞看著放在陽臺角落的雪人，快要哭出來了。但他隨即驚訝的發現——在貓雪人頭頂上的兩個耳朵之間有一張卡片。

那是一張對折的深棕色卡片，四個邊角有金色和綠色的蔓草圖案，用銀色的墨水寫著「珞珞親啟」。

珞珞大吃一驚，但無論他看幾次，卡片上的確寫著「珞珞親啟」，代表這是寄給他的卡片。但是，為什麼卡片會被放在雪人上呢？難道是被風吹到這裡了？

這件事太不可思議了，他忍不住激動起來。

這張卡片一定有特別的意義，我必須看看卡片上寫了什麼。

珞珞下定決心，撕開用膠水黏住的地方，像是打開書本一樣，翻開了卡片。

一翻開卡片，他立刻聞到一股好聞的香氣，就像是剛炒好的杏仁或榛果香。

珞珞呆若木雞，接著卡片發出的金色光芒環繞住他，他覺得身體好像被吸進某個地方一樣，但是金光隨即消失了。

接著珞珞發現自己站在一個陌生的地方。

「怎、怎麼回事？這裡是哪裡？」

他膽戰心驚的打量四周，越看越覺得這裡很奇怪。現在明明是晚上，但這裡的天空既不暗，也不像白天一樣明亮，而是一片灰濛濛的。

不只是天空，整條路也是灰濛濛的；可能是因為濃霧籠罩的關係，路上完全沒有行人，路旁的房子也都很暗，靜悄悄的。

只有眼前這棟房子的窗戶透出燈光。白色的門上有一扇圓窗，鑲著漂亮的鑲嵌玻璃，門上掛著「營業中」的牌子，看來這是一家店。

那家店在呼喚珞珞——「歡迎光臨，我們正在恭候大駕。」珞珞似乎可以聽到有人這麼說。

他決定走進去看看。因為店家的招呼聲很吸引人，而且他覺得身體越來越冷，雖然不知道這裡是哪裡，但一直站在室外可能會感冒，他想進到溫暖的地方。

珞珞搓著手臂往前走，推開那道門。

店裡堆滿了看起來很老舊的東西，雖然有許多似乎十分破舊，但全都散發出迷人的感覺，彷彿每一樣都是寶物。

「如果在這裡尋寶，應該可以發現很多難得一見的珍品，真希望下次可以帶柯麗來這裡。」珞珞克制著內心的興奮，小心翼翼的從那些物品中間往裡頭走。

店內深處有一個年輕男人，身上穿著和卡片顏色相同的深棕色西裝背心及長褲，脖子上繫了一條漂亮的白色和金色相間絲巾。他還有著一頭蓬鬆的栗色頭髮，戴著銀色細框眼鏡，顯得很帥氣。

雖然他外表看起來是十足的紳士，行為卻很奇異又古怪。

那個男人竟然在吹泡泡。他嘴上咬了一根細長的吸管，一臉嚴肅的神情，慎重的吹出一個很大的泡泡，接著他把泡泡壓在櫃臺一本很破的繪本上。

照理說，泡泡一壓就會破掉，但那個男人吹出來的泡泡竟然沒有破，不但沒破，還發出一聲「噗」的聲音，把繪本吸了進去。

接著，包覆了繪本的泡泡飄了起來。那個男人用線把泡泡綁好，做成氣球，然後開始小聲的唱起歌來。

勿忘草啊時鐘草，阻擋時間的流逝，

木香花呀長春花，編織一個十年籠，
收藏人們的回憶，穿梭過去和未來，
淚滴轉變成微笑，懊惱痛苦變溫和，
收束來保管，好好來守護。

唱完之後，男人再度咬著吸管，又開始吹起泡泡。

櫃臺上還放了好幾樣物品，有缺了角的盤子，還有發黑的銀項鍊、小孩子的髒鞋和騎馬用的馬鞍，男人似乎打算用相同的方式，藉由把泡泡壓在這些東西上，把它們收進泡泡裡。不過，珞珞完全搞不懂他在幹什麼。

他只知道一件事——這家店非比尋常，這個男人也不是普通人，他正在使用……

「魔、魔法……」

珞珞脫口小聲說了出來，那個男人似乎聽到了聲響，轉頭看向他。

「哎呀哎呀，歡迎光臨，歡迎來到十年屋。」

「十、十年屋？」

「對，十年屋是本店的名字，大家也這麼稱呼我這個老闆……你是不是很冷啊？這可不行，請你先去後面，我剛好在忙，等你覺得暖和些後，再來談生意的事。客來喜，你過來一下！」

「來了喵。」

後方響起一個像是小孩子的聲音，接著一隻貓跑了出來。那隻貓竟然用雙腿站立，而且還穿著衣服。牠蓬鬆的橘毛和身上的黑色西裝背心、領結很搭。

那個自稱「十年屋」的男人對那隻貓說：「你把客人帶去會客室，記得把壁爐生火，再給他喝點熱的。」

「遵命喵。客人，請跟我來喵。」

貓把珞珞帶到了後方的小房間，請他坐在沙發上，馬上為他拿來一條柔軟的毛毯，然後動作俐落的點燃壁爐裡的木柴，並用吹風器把火吹得更旺。

珞珞忍不住佩服不已。

「太厲害了！你是貓，竟然這麼厲害。」

「我是這裡的管家，這點小事難不倒我喵。」

客來喜雖然很謙虛，但看起來很得意，鬍子不停的抖動。

當壁爐的火越燒越旺後，客來喜不知道去了哪裡。後來，牠拿了一個很大的馬克杯，以及放了很多馬芬蛋糕的籃子走了回來。

「來，請享用喵。」

「謝謝。」

馬克杯裡裝滿了略帶紅色的紅茶，而且裡面加了大量草莓果醬。珞珞喝紅茶時最喜歡加草莓果醬，所以他忍不住問客來喜。

「你、你怎麼知道我最喜歡喝紅茶時加草莓果醬？」

「只是這麼覺得而已喵。我看到你的臉，就猜想你應該會喜歡喵。」

「哇，魔法師的寵物貓真的太厲害了！」

「我不是寵物貓，我是管家喵，而且也有領薪水喵。」客來喜很

自豪的挺起胸膛說。

珞珞高興的喝著紅茶，熱熱的紅茶加了果醬後很甜，喝了之後，全身都暖和起來，珞珞可以感覺到自己原本凍僵的手腳、鼻子都熱了。

全身暖和之後，珞珞又吃了馬芬蛋糕。沒想到馬芬蛋糕也很好吃，裡面加了很多水果乾，每吃一口，就有各種不同的味道在舌尖上跳舞。蘋果、葡萄乾、堅果、無花果，還有淡淡的蘭姆酒香氣，雖然珞珞才剛吃完晚餐，但仍覺得這種蛋糕吃再多也沒問題。

他轉眼之間就吃了兩個馬芬蛋糕，當他準備伸手去拿第三個時，剛才那個男人走進了會客室。

男人一看到珞珞的臉就露出了微笑。

「太好了，你臉上終於恢復了好氣色，剛才第一眼看到你時，我還以為你是鬼魂呢。你在這麼冷的天氣來這裡，到底有什麼煩惱？」

「什麼煩惱……呃，我還搞不清楚狀況……我看到一張深棕色的卡片，才剛打開，就突然來到這裡……」

「是，那是本店寄給客人的邀請函。當客人想要把重要的東西寄放在某個地方時，這張邀請函就會自動送到客人手上。」

「想要把重要的東西寄放在某個地方……」

珞珞聽到這句話時，終於恍然大悟。

「原來是這樣！所以我才會收到邀請函，來到這家店。但是，如果老闆聽到我要保管的東西是雪人，會不會生氣啊？他應該會生氣，也可能冷冷的拒絕我，說『沒辦法保管這種東西』吧。」珞珞想。

不過珞珞還是戰戰兢兢的開了口：「我想保管的東西是雪、雪人。」

「無論是冰塊還是煙火都沒問題，本店沒有無法保管的東西。」

「而且……我也沒什麼錢。」

「不用擔心，本店不收現金，會請客人用『時間』支付報酬。」

「時間？」

「說白了，就是壽命。啊，但是你不需要擔心，我們只收取一年份的壽命，而且……據我的觀察，你的壽命很長。」

老闆對珞珞露出笑容，但珞珞卻感到不寒而慄，他清楚的意識到，眼前的老闆真的是一位魔法師。

珞珞記得爺爺以前曾經告訴他，魔法師具有神奇的能力，只要拜託他們，他們就會幫忙，但是，一旦魔法師使用了魔法，就會索取代價，如果不想支付代價的話，絕對不要找魔法師幫忙。

珞珞全身顫抖，又喝了一口紅茶，甜甜的紅茶讓他的心情稍微平靜下來。

「嗯……我會很長壽嗎？」

「對，如果沒有發生意外，你會活到八十三歲。」

珞珞想，能活到八十三歲，即使支付了一年的壽命，還可以活到八十二歲，也夠長壽了。

但他仍然認為用壽命支付報酬這件事很可怕，即使只有短短一年，還是覺得被奪走了某些東西。

「嗡嗡嗡。」耳朵深處傳來了激烈的耳鳴。

「還是放棄好了，下次再為柯麗堆新的雪人就好。只要下雪就可以堆雪人了。」珞珞心想，不過這時，他的腦海中浮現出柯麗的臉——當他說要為她堆雪人時，她的臉上露出了欣喜的表情。如果她出院回到家，看到自己為她堆的雪人，一定會很高興。沒錯，一定非得是那個雪人不可，況且不知道今年還會不會下那麼大的雪，最重要的是，那個貓雪人做得很漂亮，他自己也沒有把握下次是不是還可以做出這麼漂亮的雪人。

珞珞終於下定了決心。

「我要委託你們保管。」

「所以你願意支付壽命嗎？」

「嗯。」

「謝謝，我能夠運用的時間魔法上限是十年，所以，可以為客人保管物品的最長時間就是十年。這十年內，你隨時可以將物品取回，但是，無論保管的時間再短，都無法歸還已經支付的壽命，請務必牢記這一點。」

男人在說話的同時，指著牆壁。牆壁上掛了一塊白色的畫布，上面大大的寫著：時間一旦支付，恕無法歸還。

「沒問題吧？你確實了解合約了，對不對？」

十年屋再三確認，珞珞用力點了點頭。

珞珞心想，應該不會放在這裡保管很長時間，只要柯麗回到家，自己就會馬上來取回雪人送給柯麗當禮物，所以他對期限和支付壽命的長度並沒有任何意見。

十年屋可能也了解到珞珞的真實想法，這才鬆了一口氣，點了點頭說：「關於你想要委託本店保管的物品，就是那個雪人嗎？」

珞珞驚訝的轉頭一看，發現剛才明明在家裡陽臺上的雪人，不知道什麼時候已經出現在自己身旁。

他驚訝得說不出話，十年屋則心領神會的點了點頭。

「嗯，果然是個很漂亮的雪人，但這樣很容易融化，所以我先用魔法保存起來。」

十年屋從口袋裡拿出一枝吸管，用力吹了一口氣，吸管前端立刻出現一個七彩泡泡。泡泡越吹越大，但完全沒有破掉的跡象。當泡泡吹到可以容納雪人的大小時，十年屋輕輕戳了戳它，然後黏在雪人上頭。

咻！雪人立刻被吸進泡泡，在空中飄了起來。

十年屋抓著泡泡的一角，用銀線綁起來後，又唱起那首歌。

勿忘草啊時鐘草，阻擋時間的流逝，
木香花呀長春花，編織一個十年籠，
收藏人們的回憶，穿梭過去和未來，
淚滴轉變成微笑，懊惱痛苦變溫和，
收束來保管，好好來守護。

裝了雪人的泡泡氣球就完成了。

「好，保存好了，你的雪人既不會融化，也不會損毀了。你還滿意嗎？」

「滿意，謝謝你。」

「太好了，那我們就來簽約。」

珞珞按照十年屋的指示，在黑色皮革記事本上簽下自己的名字。

「好，很好，相關手續都已經完成，你該回去了，我們送你到門口。客來喜，客人要離開了。」

「來了喵，我這就過去喵。」

珞珞在魔法師和貓的目送下，走出了那家店。

然後，他一下子就回到了自家陽臺，原本放在角落的雪人不見了，只留下一灘水。

珞珞用力吐氣，既覺得很神奇，又覺得鬆了一口氣。雖然支付了一年的壽命，但他仍然認為自己做對了，現在就不必整天提心吊膽，為不知道柯麗什麼時候出院返家擔心了，但還是希望柯麗可以早一點出院。

珞珞這麼想著，走回了自己的房間。

沒想到事態朝向意想不到的方向發展。

柯麗始終沒有回家。在醫生的建議下，她動完手術後，就搬去了空氣新鮮的鄉下，那裡離珞珞住的地方很遠。

柯麗搬到新家後，寫信給珞珞。

「珞珞，我很想見你，見不到你的日子很寂寞。」

珞珞也很快寫了回信給她。

「我也很寂寞，但你要振作，放春假時，我就會去找你。」

於是，他們開始用寫信的方式聯絡。

只不過他們遲遲無法見面。

第一年春假時，珞珞的親戚出了些意外，所以他無法去鄉下探望柯麗。

暑假時，珞珞接到了柯麗父母的信，信中說「柯麗最近身體很差，希望你暫時不要前來」，委婉的拒絕了他的探視。

再下一次的假期，和後來的假期，都因為種種原因，讓珞珞始終無法成行。

珞珞每次都很失望，柯麗似乎也一樣，寫給珞珞的信也顯得情緒低落，而且她的身體狀況似乎時好時壞。

為了鼓勵柯麗，珞珞比之前更加頻繁寫信給她，有時候用小樹枝和樹果做成玩具寄給柯麗，也曾經用刀子雕刻木頭，做成一個女娃娃送給她。每次柯麗都回信說「我超開心」，所以珞珞更加投入，想要做更出色、更新穎的玩具給她。

於是，他的雕刻技巧越來越厲害。

珞珞漸漸發現，雖然一開始是為了柯麗製作那些玩具，但自己其實也熱愛雕刻。

十四歲時，珞珞下定決心，寫信告訴柯麗：我要當藝術家，我要成為一個雕刻家。

柯麗則在回信中溫柔的鼓勵道：「太棒了，你決定做這麼棒的工作，加油。」

在柯麗的支持下，珞珞慢慢朝向夢想邁進，更積極投入創作。

學校的老師也鼓勵他，如果有做出什麼作品，可以多參加各種比賽。

珞珞十九歲時，終於在一個大型比賽中獲得冠軍。報紙上也報導了這個消息，某位知名的雕刻家因此希望可以收他為徒弟。這是千載難逢的好機會，如果能在那位雕刻家身邊學習，珞珞一定可以獲得很大的成長。

只不過有一個問題——那名雕刻家住在國外，如果珞珞想要成為他的徒弟，會有好幾年無法回國，而且這樣他就離柯麗更遠了。

於是，珞珞寫信給柯麗：我希望在出國之前和你見一面，可以在下週末去看你嗎？

柯麗立刻回信給他，並在信中寫著：我等你。

「太好了！」珞珞用力點頭，看著放在書桌上的柯麗照片。那是柯麗在兩個月前寄給他的。

柯麗已經十八歲，是個楚楚動人的美女，但那雙眼睛仍然和以前一樣。

珞珞看到柯麗的照片後，內心暗自下了一個決定，所以在他出國前，無論如何都必須和柯麗見一面，他想在見到柯麗之後，把一樣東西交給她。

但是，看到柯麗時，自己真的有勇氣交給她嗎？雖然他們從小一起長大，但已經有十年沒見面了，珞珞想像他們重逢的情景，忍不住心跳加速，手心冒汗。

正當他有點怯懦時，突然有一陣風吹進房間，吹倒了桌上的相框。他慌忙的把相框放好，接著立刻目瞪口呆，因為相框下竟然出現了一張卡片。

「剛才明明沒有這張卡片啊！」珞珞覺得好像在哪裡看過這張用金色和綠色畫了蔓草圖案的深棕色卡片，不，不只是曾經看過而已！

「是十年屋！這是魔法師寄來的信！難以置信……」自己竟然把那件不可思議的事忘得一乾二淨了。

珞珞摸著自己的頭，把卡片翻了過來。卡片背面用既流暢又優美的字體，寫了以下的內容——

珞珞・赫伯先生，十年不見了，謹以此信再次向你致意。不知是否別來無恙？本店為你保管的物品期限已將屆滿，如果你想取回物品，請打開這張卡片。如果你無意取回，請在這張卡片上畫一個X，代表合約結束，你寄放的物品將正式歸本店所有。請多指教。

十年屋敬上

「原來是這樣啊，已經過了十年……」

珞珞想起了自己委託十年屋保管的物品——貓雪人。那是自己在九歲時精心製作的，而且當時他對作品很有自信。他甚至可以清楚回想起那個貓雪人的臉、大小和耳朵的角度。雖然當時覺得做得完美無缺，但現在回想起來，有很多地方都太粗糙了，珞珞忍不住苦笑。

當時和魔法師交易的焦急與緊張也再次浮上心頭，對於當時自己的執著也忍不住感到懷念。不知道柯麗看到貓雪人時會露出怎樣的表情？如果告訴她，那是十年前約定好要為她做的，她一定會很高興。但是……自己十年前的心情，和現在的心情不一樣了，如果要送禮物給她，就要讓她了解自己此刻的心情才對啊。

「嗯……我不需要那個雪人了。」

珞珞雖然感到有點落寞，但還是用筆在卡片上寫了一個X。

卡片立刻越縮越小，最後變成細微的顆粒消失不見。

與十年屋交易結束，那個雪人再也無法回到珞珞身邊，但他覺得完全沒問題。

而且，他的腦海中浮現了一個妙計。

「就這麼辦！」

珞珞急忙從櫃子裡拿出冰水晶原石。

冰水晶是一種硬度和冰塊相仿的水晶，價格便宜，外觀像玻璃一樣清澈，容易雕刻，許多尚未出師的雕刻家經常用它來練習技巧。

珞珞立刻拿起雕刻刀開始工作，他專心一致的雕刻著，把腦海中的記憶刻在冰水晶上。

他花了半天時間，完成一隻水晶貓，高度大約三十公分左右，用兩隻腳站立，身穿背心，領口繫著領結，一臉嚴肅的表情遞出茶杯。

珞珞把一枚銀戒指放入透明的茶杯中，這是一枚鑲嵌了柯麗誕生石「紫水晶」的戒指，而且是他用比賽的獎金買的。雖然直接交給柯麗需要很大的勇氣，但如果和自己雕刻的作品一起交給她，他應該做得到。

他也已經想好了把禮物交給柯麗時要說的話。

「我之前不是和你約定，要堆一個雪人給你嗎？等我拜師學藝回國之後，就會為你堆雪人。以後我會一直為你堆雪人，希望你不要請別人堆雪人給你，等我回來。」

珞珞決定，見到柯麗時，他一定要對她這麼說。

4 懊悔的戒指

一個小女孩站在濃霧瀰漫的小路上。她獨自一人，臉色蒼白的站在那裡，右手握得很緊，不願意鬆開拳頭。

她眼前那家店的大門打開了，一個圍著水藍色絲巾的年輕男人走了出來。

他對女孩露出笑容說：「歡迎光臨，請進。」

女孩聽到這個溫柔的聲音，戰戰兢兢的走了進去。

「哇！」

「很抱歉，店內很亂，但我們可以去後面的會客室慢慢聊。我的管家已經準備了飲料和甜點，請你繼續往裡面走。」

女孩聽從了男人的指示，穿越過堆滿各種東西的店面，來到後方一間很舒服的小房間。那裡有茶几和沙發，桌上有一杯熱騰騰的牛奶，還有撒了很多砂糖的果凍。

「請你先喝熱牛奶，渾身就會熱起來。」

女孩乖乖的喝下熱牛奶，原本蒼白的臉頰立刻恢復了好氣色。

「真好喝……」

「也請你嚐一嚐果凍。」

女孩聽了之後，急忙伸手去拿。水滴形狀的果凍像紅寶石一樣鮮紅，表面的砂糖閃閃發亮。

女孩張大嘴巴，把果凍放進嘴裡，立刻露出了笑容。

「真好吃！是覆盆子口味！」

「謝謝你喜歡，真是太好了，這是本店的管家親手做的……你可以邊吃邊聽我說話，請問你帶了什麼東西來到十年屋？」

女孩聽了嚇一跳，然後乖乖鬆開右手握緊的拳頭。

她的手裡有一枚小小的金戒指。

她是泰亞，今年六歲，喜歡可愛的東西、漂亮的衣服和蓬鬆柔軟的絨毛娃娃。

泰亞有一個朋友，就是一年前搬到她家對面的蘿蘿。蘿蘿和泰亞同年，也同樣喜歡各種可愛的東西。

泰亞第一次見到蘿蘿就知道，她們會成為好朋友。不過，卻同時也產生了「我絕對不能輸給她」的好勝心。

蘿蘿似乎也一樣。

雖然她們很快就成為好朋友，但也同時在許多事情上會競爭、比較。不管是衣服、鞋子、綁頭髮的髮帶和玩具，只要對方的東西比自己的稍微出色，就覺得很不甘心。

泰亞看到蘿蘿露出羨慕的眼神看著自己可愛的手帕時，一整天都心情愉快，但是，當蘿蘿隔天向她炫耀新娃娃時，泰亞又會非常嫉妒，內心痛苦不已。

她們每天都比來比去。泰亞希望自己有比蘿蘿更漂亮的東西，讓蘿蘿對自己羨慕不已。她整天都在想這件事。

有一天，泰亞的阿姨來家裡玩，好久不見的阿姨為她帶來了禮物。

「漂亮的女孩當然要用美麗的東西好好打扮自己。」

阿姨說完，送給她一條手鍊。那條銀色的細鍊上掛著用景泰藍做成的小水果，有鮮紅的蘋果、紫色的葡萄，還有桃紅色的桃子，和像太陽一樣的柳橙。

太可愛了！泰亞興奮得漲紅了臉，立刻把手鍊戴在手上。手鍊的大小剛剛好，簡直就像是為她量身訂做的。她搖了搖手腕，手鍊發出像鈴鐺般叮鈴鈴的清脆聲音。

看到泰亞露出陶醉的眼神，阿姨對她說：「這是外婆在我小時候送我的，我一直很喜歡，所以你要好好珍惜。」

「阿姨，我當然會！我一定會很珍惜！這是我的寶貝，我絕對不會弄丟！」

泰亞滿臉笑容的向阿姨保證。而她的心裡當然立刻想到了蘿蘿，她心想：「明天一定要讓蘿蘿看看我的手鍊，真期待她臉上的表情。」

隔天，泰亞去蘿蘿家的後院。蘿蘿家的後院有一棟漆了白色和粉紅色油漆的可愛小房子，那是蘿蘿爸爸做的，她們每天都在小房子裡玩。

蘿蘿已經在小房子內，拿出了扮家家酒的玩具。

「啊，泰亞，早安。」

「早安。蘿蘿，你看、你看，這是阿姨送我的禮物！」

泰亞馬上向蘿蘿炫耀自己的手鍊，當她看到蘿蘿眼中閃過既懊惱又羨慕的眼神時，內心感到很暢快。

泰亞想讓蘿蘿更羨慕自己，於是喋喋不休的說了起來。

「這是我外婆送給阿姨的，阿姨說很適合我，所以特地帶來送我，是不是很漂亮啊？」

沒想到，蘿蘿立刻露出強勢的表情反駁說：

「這不就表示手鍊是舊的嗎？是別人送給你阿姨，你阿姨再轉送給你的，這樣根本稱不上是禮物。」

「才不是呢！因為這是從一百年前傳承下來的寶物，原本是王妃和公主使用的，阿姨覺得很適合我，才會拿來送我。」

蘿蘿對泰亞在情急之下編的謊言很不屑。

「是喔，所以是很舊的寶物嘍，但我還是喜歡新的東西，比方說，你看這個，這是昨天我爺爺來家裡玩時送給我的。」

蘿蘿說完，從口袋裡拿出一條項鍊。

泰亞看了，忍不住倒吸了一口氣。

那條金項鍊並不長，下面掛了一個金戒指，雖然戒指很小，看起來好像是精靈戴的，但小巧的戒指很可愛，而且上面還鑲了石榴石，寶石在陽光下時而是紅色，時而變成深紫色，簡直就像是一滴紅酒。

「雖然寶石很小，但這是真正的寶石。爺爺說，我的誕生石就是石榴石，這個戒指會保護我，所以特別找了最厲害的金工師傅幫我訂做的，是不是很棒？」

蘿蘿得意的把項鍊戴在脖子上，然後露出不屑的表情看著泰亞的銀手鍊說：

「而且我的是金項鍊，你知道黃金比銀鍊的價格更貴嗎？」

泰亞很生氣，卻說不出話，因為她大受打擊。

蘿蘿的話就像是溼黏的汙垢般，弄髒了泰亞的內心，最令人生氣的是，泰亞也覺得蘿蘿說的沒錯。

原本覺得很美的手鍊好像突然褪了色——阿姨戴過的手鍊根本是二手貨。唉，真是太生氣了，為什麼我沒有一個會送我全新項鍊的爺爺啊？泰亞很懊惱。

蘿蘿好像故意要刺激她，接下來每天都戴著那條項鍊，而且經常在她面前把玩掛在項鍊上的戒指，每次看到蘿蘿得意的表情，泰亞就好像喝了一大杯苦藥一樣，很不快樂。

她覺得自己戴舊手鍊很丟臉，就把手鍊拿下來，丟在一旁，漸漸忘記它的存在。

怎樣才能挫蘿蘿的銳氣呢？泰亞整天想著這件事。

這種痛苦的日子持續了大約兩個星期，然後，發生了一件事。

那天的天氣很晴朗，也很溫暖，她們在庭院裡玩鬼抓人的遊戲。

「哈哈，抓到了！蘿蘿，接下來由你當鬼。」

輪到蘿蘿當鬼時，泰亞立刻跑開了。

但是等了很久，蘿蘿都沒有來追她。她回頭一看，發現蘿蘿臉色蒼白的看著地上，不知道在找什麼。

「你在幹什麼？不是由你當鬼嗎？」

「泰、泰亞！不見了！項鍊和戒指都不見了！」

「什麼？」

蘿蘿一臉快哭出來的表情說，我的項鍊不知道什麼時候鬆脫了。

「泰亞，拜託你，和我一起找，我們一起找！」

「好，別擔心，一定就在這個庭院裡，我們一定可以找到項鍊和戒指。」

但是，庭院內種植著綠色草皮，或許有辦法找到項鍊，但除非運氣非常好，否則根本不可能找到戒指。

沒想到，泰亞的運氣就是這麼好！

沒錯，泰亞找到了那個小戒指。她發現那枚小戒指在草皮根部閃閃發亮，她還差一點叫出聲音，但內心立刻浮現一個念頭：我想要這個戒指！

其實她一直很羨慕蘿蘿，覺得那個閃閃發亮的小戒指很礙眼，但又很想要擁有。

「對，不能把戒指還給蘿蘿，自從蘿蘿有了這個戒指之後才那麼神氣，這個戒指……應該屬於我。」泰亞用力吞了一口口水，偷偷看向蘿蘿。

蘿蘿正趴在地上，使勁的撥開每一處草叢尋找。

泰亞心想，如果要把戒指占為己有，就必須趁現在蘿蘿沒注意時！於是她撿起戒指，迅速放進自己的口袋。然後她又繼續若無其事的找戒指，還假裝很擔心蘿蘿，拚命安慰她。

最後，蘿蘿終於忍不住哭了起來。蘿蘿的媽媽聽到哭聲，從家裡跑了出來，了解原因之後，罵了她一頓：「我不是早就說過，玩遊戲的時候不要戴項鍊嗎？」

泰亞看到好朋友挨了罵，哭得更傷心，內心隱隱作痛，但她又告訴自己：這是蘿蘿活該。

泰亞不想把戒指還給蘿蘿，她把手伸進口袋，緊緊握著戒指，雖然手心流著汗，感覺很不舒服，但她仍然不想放手。

「我明天再和你一起找。」泰亞和蘿蘿約定好後，立刻跑回自己家裡。

泰亞回到自己房間後，開始思考要把戒指藏在哪裡。

「我要把戒指藏在絕對不會被人發現的地方才行，不僅不能被蘿蘿發現，也不能讓家人發現。」泰亞心想。

她最先想到的是可以把戒指夾在書裡，但立刻就打消這個念頭；又想到或許可以藏在屋子裝飾品下面，可是泰亞仍然覺得不太好。最後，她把戒指放進裝了很多珠子的小瓶子裡，小戒指混在一堆珠子中，馬上就消失不見了。

「搞定，這下子就安全了。」好不容易得到了夢寐以求的戒指，泰亞卻一點都不高興，反而坐立難安。

「這是我偷來的，而且是從蘿蘿手上偷來的。怎麼辦？奶奶以前曾經說，小偷會被惡魔吃掉。不，我沒有偷，我是『撿到』的。對啊，我只是撿到這枚戒指，惡魔沒辦法吃我。」雖然泰亞這麼告訴自己，但這天晚上卻做了很可怕的惡夢。

隔天，泰亞去找蘿蘿。

蘿蘿仍在庭院裡找戒指，雙眼看起來又紅又腫，一定是哭了一整晚。泰亞看了很難過。

「啊，泰亞……」

「蘿蘿，早安。」泰亞故意用開朗的語氣向她打招呼，「有沒有找到？」

「還沒有……已經找到項鍊了，但戒指……可能找不到了，也可能戒指不是掉在這裡。我爸爸和媽媽很生氣，他們罵我竟然遺失了爺爺送我的禮物。」

「別擔心，我相信一定可以找到，我也來幫忙。」

「泰亞，謝謝你，你真的對我太好了！」

「沒這回事。」泰亞低下了頭。

她沒想到蘿蘿竟然會這麼難過，所以一直責怪自己：早知道就不應該偷她的戒指，早知道找到戒指時，就該交還給蘿蘿。

接下來的幾天時間，泰亞都深受後悔的折磨。

但是，她不可能現在再把戒指還給蘿蘿。她無法想像如果自己說出真相，會有怎樣的結果。

「蘿蘿一定會很生氣，和自己絕交，搞不好還會四處告訴別人，說我是小偷，到時候大家都會不理我了。」這麼一想，泰亞就更無法把戒指拿出來還了，她沒有這樣的勇氣。

但是，她也不可能一直把戒指留在身邊。最近她幾乎每天晚上都會做惡夢，整天膽戰心驚，擔心被人發現這件事。

泰亞彷彿被偷來的戒指控制了，所以她絞盡腦汁想知道有沒有方法可以擺脫這種忐忑不安的情緒。

有一天，她突然想到一個妙計。

「對了，那條阿姨送的手鍊！雖然蘿蘿嘴上百般挑剔，但其實她內心很想要我的手鍊。雖然無法把戒指還給她，但只要我把手鍊送給她，也許就可以消除內心這種不舒服的感覺，蘿蘿應該會很高興，或許就不會繼續找戒指了。」

泰亞決定去找之前收起來的手鍊。雖然她曾經向阿姨保證一定會好好珍惜它，但只要之後告訴阿姨，因為好朋友很難過，自己為了安慰朋友才把手鍊送給她，相信阿姨一定會原諒自己，也許還會說她心地很善良，送她其他漂亮的禮物。

泰亞內心帶著一絲期待，打開了專門放各種寶貝的餅乾罐，但沒有看到那條手鍊。

「我記得之前放在這裡……難道在那個小盒子裡面？」

但小盒子裡也沒有。

泰亞急切的在房裡找了起來，但找遍房間的每一個角落，都沒有找到。

她腦筋一片空白。「都找不到……我把手鍊弄丟了嗎？照理說不可能有這種事啊。」她在心裡一直怪罪自己。

當她回過神時，才發現自己在哭，她認為自己遭到了報應。因為之前她偷了蘿蘿的戒指，所以神明懲罰她，把她的手鍊拿走了。

她對這個想法深信不疑，認為一定就是這樣。

可即使這樣，她仍然不想把戒指還給蘿蘿，她也搞不懂為什麼。

泰亞覺得缺乏勇氣的自己很沒出息，也很悲哀，所以忍不住啜泣了起來。

「對不起，對不起……」

正當她不斷道歉時，一個瓶子突然從書架上掉了下來，就是那個她藏戒指的瓶子。雖然瓶子沒有打破，但蓋子卻鬆脫了，原先裝在裡面的珠子也都掉了出來，那個鑲了石榴石的戒指在珠子中閃閃發亮——那是她的罪證，她看了就覺得討厭。

但是，當泰亞從珠子中撿起戒指時，忍不住大吃一驚，因為她發現珠子下方有一張從來沒有看過的卡片。

那是一張深色的卡片，上面似乎用金色寫了什麼字。雖然泰亞還不認得字，但她沒來由的知道那是給她的卡片，也知道她必須打開它。

於是，她打開了卡片，緊緊握著戒指，整個人立刻被一股香氣和光包圍，接著就發現自己站在一條不可思議的陌生小路上……

※

泰亞把一切都說出來後，悄悄的看著眼前的男人。這個男人戴著眼鏡，一雙琥珀色的眼睛露出了溫柔的眼神。泰亞鬆了一口氣，至少他沒有責罵自己，也沒有看不起她。

男人只是淡淡的說：「原來是這樣，你因為一時衝動做了傻事，如今變成了沉重的負擔，幾乎快把你的心壓垮了。」

泰亞點了點頭，「我很痛苦，超級痛苦……我很想把一切都說出來，又覺得很可怕……」

「我能夠理解，這就是後悔的感覺……你想要放棄這個戒指，不想把它繼續留在自己身邊，對不對？」

「對，我絕對不能把這個戒指留在身邊，但也不能丟掉它……」

「請放心，十年屋就是為了這種情況而存在。」

這個不可思議的男人說完之後，向泰亞提出了一個不可思議的交易——只要泰亞支付一年的壽命，就可以將這個戒指放在這家店裡保管十年。這家店不僅可以保管戒指，還可以同時保管泰亞因為偷戒指而產生的罪惡感。

泰亞聽完之後，瞪大了眼睛。

「有、有辦法做到這種事？」

「當然可以，因為這裡是魔法師的店，你想要做這樣的交易嗎？」戴著眼鏡的男人注視著泰亞。

「要不要把你這些沉重的負擔也全都放在本店保管？我當然不會勉強你，如果你認為『一年的時間』這個代價太大，也可以不做交易就離開。」

「如果就這樣離開，會怎麼樣呢？自己一定會為了戒指和蘿蘿的事覺得很痛苦。」雖然是泰亞自作自受，但她想解決這個問題，不想整天提心吊膽，不知道什麼時候會被別人知道她拿走蘿蘿的戒指。

泰亞想了很久，終於點了點頭，那個男人遞上了一本黑色記事本說：「請在這上面簽名。」

「嗯……我還不會寫字。」

「那就請你蓋手印吧。你把墨水沾在大拇指上，然後蓋在這一頁就行了。」

泰亞按照男人的指示，用大拇指沾了銀色的墨水，用力捺印在記事本的那一頁上。

她立刻感覺到好像有什麼東西離開了自己的身體，她知道這表示自己有一年的時間被男人收走了，不由得有點害怕起來，但當她把戒指交給男人後，又鬆了一口氣。

「現在終於可以放心了，這麼做是正確的決定。」泰亞心滿意足的走出那家店，然後……

她在自己的房間回過神。

「咦？我剛才在做什麼？」

她歪著頭，想了一下，終於想起來了。

「啊，對了，我因為找不到阿姨送我的手鍊，所以在哭。因為原本想把它送給蘿蘿，但一直找不到。」

雖然泰亞覺得很遺憾，但也沒有辦法。也許哪天手鍊又會突然冒出來，現在她得去幫蘿蘿的忙，和她一起尋找戒指。

泰亞跑去蘿蘿家，完全忘了自己之前偷了那個戒指，以及把戒指寄放在一家不可思議的店裡這些事。

泰亞每天和蘿蘿一起翻開庭院裡的青草，到處找戒指。一個星期後，蘿蘿終於放棄了，但她發自內心感謝泰亞每天都來陪她一起尋找。

「泰亞，謝謝你，你是我真正的朋友，我好喜歡你。」

那天之後，泰亞和蘿蘿不再相互較勁，因為她們都覺得這麼做很無聊，她們感情比之前更好，即使過了很多年，她們之間的友情仍然沒有改變，直到……

十年後的某一天，泰亞收到一張深棕色的卡片，她才想起了所有的事。

那張十年屋簽名的卡片上，裝滿了泰亞被封存的記憶，當泰亞收到卡片時，那些記憶就立刻被喚醒了。

她回想起所有事情後，第一個想法就是——當年的自己太笨了。

現在十六歲的她知道，那個戒指其實只是一個玩具，並不是真正的黃金，就連鑲嵌在戒指上的石榴石應該也是玻璃而已，小時候的自己竟然會羨慕蘿蘿有那種戒指，甚至痛苦不已，還為偷了戒指深受罪惡感的折磨。

她忍不住同情當年那個又傻又天真的自己。

「根本不需要把戒指寄放在十年屋啊，明明就有太多機會可以把戒指還給蘿蘿了。只要故意大叫一聲：『啊！原來在這裡！我找到了！』，然後把戒指交還給蘿蘿，就可以解決這件事，卻還為了這個白白損失一年的壽命。」泰亞忍不住苦笑。

泰亞覺得無論如何，都要去把那個戒指拿回來還給蘿蘿。但是，只要編個謊言，不需要老實承認是自己偷的就行了。

「你聽我說，上次我在看你之前送我的繪本時，你猜我發現了什麼？你看，就是這個戒指！你記得嗎？以前你曾經為了找不到這個戒指很傷心，原來它夾在繪本裡，難怪在庭院裡怎麼找，也找不到啊。」

泰亞邊想著，邊打開卡片。她感受到魔法漸漸圍繞全身，忍不住興奮不已。因為上一次她根本搞不清楚狀況，所以沒有充分體會這種被魔法包圍的感覺。

不久，她發現自己站在一條濃霧瀰漫的小路上。

「沒錯沒錯，就是這裡……十年屋就是那家有白門的店鋪，我還記得那家店的果凍很好吃。」

泰亞用力推開以鑲嵌玻璃拼出勿忘草圖案的那道白門，店內放滿了東西，完全和她記憶中一模一樣。

「這裡簡直就像個倉庫，如果稍微整理一下，客人走路會更方便。」

她小聲嘀咕著走進店內，看到了那個男人。他看起來和十年前完全一樣，唯一的不同，就是他今天脖子上圍的是一條草綠色的絲巾。

泰亞目瞪口呆，說不出話。

那個男人對她露出了微笑後說：「歡迎你回來。」

「你、你知道我是誰嗎？」

「當然知道，即使經過十年，我也不會忘記曾經光臨的客人，你是來拿回當初寄放的東西，對嗎？」

「對、對啊。」

「我馬上拿給你。」

那個男人很快的拿著戒指走了回來。

「是這個吧？」

泰亞看著戒指。她發現一眼就可以看出是便宜貨，當初為什麼會覺得這枚戒指發出閃耀的光芒呢？

泰亞嘆了一口氣，點了點頭。

「就是這個。」

「那就交還給你了。」

男人把戒指放在泰亞的手上。

泰亞的內心立刻湧現出激烈的情感。

那是對偷了戒指，導致好朋友難過所產生的罪惡感，以及擔心被別人知道自己是小偷的恐懼，還有內心藏了祕密的沉重壓力。

六歲時的想法隨著戒指一起回到十六歲的泰亞身上，即使經過十年的歲月，那些壓力仍然很沉重。

泰亞深受打擊，忍不住流下了眼淚。

「怎麼會……為什麼現在還……嗚……嗚嗚嗚……」

泰亞嗚咽著，那個男人溫柔的對她說：「這是屬於你的痛苦，雖然可以寄放在本店，但無法消失，也無法淡化，只有你能夠消除這種痛苦……現在的你應該可以做到十年前無法做到的事。」

這是泰亞在十年屋聽到的最後一句話。

當她回過神時，已經回到了自己的房間。

她鬆開手，看到了手上的戒指。看著戒指，胸口就隱隱作痛，滿滿的歉意讓她幾乎快窒息。

「我受夠了！我無法再忍耐這種心情，必須趕快解決這件事。對了，現在必須趕快完成十年前就該做的事。」泰亞衝出房間，準備去找蘿蘿。

她每走一步，手上的戒指就變得更加沉重，似乎在大喊著「我不想去，不可以去」，但是這並不是戒指發出的叫聲，而是泰亞不願面對現實的心。

泰亞咬著牙，繼續向前走。

希望可以一直走到蘿蘿家，敲響她家的門。

但泰亞的擔心是多餘的，她還沒有走到蘿蘿家，就看到蘿蘿走出家門，朝向她走來，而且她的臉色十分蒼白。

她們兩個人相對無言。儘管每天都見面聊天，一起寫功課，但她們今天都覺得對方好像不是平時的那個人。

泰亞先開了口。

「蘿蘿，我正準備去找你。」

「泰亞，我也打算去找你……我有一件事要告訴你。」

「什麼事？」

「就是……你先說吧。」

「好……」

泰亞閉上眼睛，她的心跳加速，胸口都痛了。雖然已經下定了決心，但看到蘿蘿後，又忍不住害怕起來。她用力吸了一口氣，然後大聲的說：「我是小偷！我偷了你心愛的東西！」

蘿蘿瞪大了眼睛。

泰亞不敢正視好朋友，急忙垂下雙眼，一口氣說出實情。

「很久之前，你項鍊上的戒指不是掉了嗎？那個戒指掉在庭院裡，我撿到了，但是我沒有告訴你，而是把戒指帶回家了，因為當時我很想要那個戒指，我很羨慕你……可是我又無法把戒指留在身邊……正在煩惱該怎麼辦時，被召喚去了一家神奇的店，於是就把戒指寄放在那家店。真的對不起！對不起！我現在就把它還給你。」

泰亞說完，把戒指遞還給蘿蘿。

但是，蘿蘿並沒有馬上伸手接過去，而是一臉不知所措，小聲的問：「神奇的店……該不會是……十年屋？」

「啊？」

這次輪到泰亞大吃一驚。

「為、為什麼、你……你怎麼會知道？」

「因為我十年前也去了那家店。正確的說，也是那家店召喚我……因為我也做了壞事，而且很後悔。」

蘿蘿說完，從口袋裡拿出一樣閃亮的東西。

那是一條手鍊，銀色的鍊子上掛著許多景泰藍做的水果，發出像鈴鐺般清脆的聲音。

「這是我的！」

「對，是你的手鍊……我去你房間玩的時候偷走了。」

蘿蘿漲紅了臉。

「那天我們在你房間畫畫，我要借用你的色鉛筆，就打開了你書桌的抽屜，結果看到這條手鍊就丟在抽屜裡。你不是很快就沒再戴這條手鍊了嗎？我以為你不想要了……所以就覺得……拿走也沒關係……雖然明知道當然有關係……」

「所以，你……把這條手鍊寄放在十年屋？」

「對，我對自己的偷竊行為感到很痛苦，也覺得很害怕，而且整天擔心被你發現。即使要支付一年的壽命，也不想把這條手鍊留在自己身邊。我真是太傻了，當時應該馬上還給你，所以……」

蘿蘿露出快哭出來的表情注視著泰亞。

「我找不到戒指時，覺得這是懲罰，是上天對我的懲罰。」

「啊，我也……我也這麼想。當我發現手鍊不見的時候，也覺得是因為我偷了你的戒指。」

她們相互注視著對方，不約而同的笑了起來。

「我們兩個人都好壞啊。」

「對啊。」

泰亞把戒指輕輕放在蘿蘿的手上。

蘿蘿也為泰亞戴上了手鍊。

然後，她們緊緊握住彼此的手。
不需要說任何話——這次她們終於「真正」和好了。

5 遺留的懷錶

天氣晴朗的星期天，金恩坐在公園樹蔭下的長椅上，茫然的仰望著天空。

金恩今年二十一歲，是一位年輕企業家。他外型俊俏，個子很高，而且也很聰明。他在讀大學時跳級，畢業之後，運用父親親自傳授給他的生意經，開了幾家公司，賺了不少錢，是受到世人嫉妒和羨慕的年輕成功人士。

但是，金恩總是覺得自己的人生是灰色的，在他的世界中，找不到任何趣味。

大學時，他就讀了父親希望他讀的科系，並聽從爸爸的話學習投資。他之所以選擇學業跳級，是希望可以趕快擺脫無聊的課業和功課，不過，他目前的工作也像是自動機械化的機器在完成作業。或許也可以說，因為沒有其他想做的工作，加上覺得反抗爸爸也很麻煩，所以金恩在無奈之下才開始經營目前的公司。

除了工作以外，日常的生活也一樣。他只是隨便吃，隨便玩，穿一些不會被人看不起的衣服，完全感受不到他的個性或是主見。

久而久之，他的女朋友妮娜終於受不了了。

「不好意思，我無法再繼續和你交往下去，我們分手吧。」妮娜說。

「等一下。」金恩著急起來，希望妮娜不要離開他。

妮娜的個性積極開朗，是他從大學時代就認識的朋友。對像是生活在一片灰色迷霧中的金恩來說，開朗活潑的妮娜是他唯一的救贖，他拚命說服妮娜不要離開他。

「你對我有什麼不滿嗎？我相貌堂堂，也很有錢，大家都覺得我……」

「你別再說這種蠢話了，這種事根本不重要。」妮娜露出同情的眼神看著他。

「你對任何事都提不起勁，和你在一起，連我的心情都會變得很差，現在我終於知道，我無法為你帶來幸福。這是我最後的良心建議：我不知道你在不高興什麼，但既然你有這麼多不滿，要不要想辦法澈底打敗它們？」妮娜說完，就頭也不回的離開了。

這是一個星期前發生的事。在妮娜離開後，金恩終於發現，她的離開對自己並沒有太大的影響。

無論妮娜在不在身邊，他每天的生活還是很無趣。

「唉，難怪妮娜會離開，因為她知道和我在一起根本沒有意義……」金恩望著天空。初夏的天空一片蔚藍如洗，但在他眼中只是一片灰色。

「無趣、無聊。但是，好沒有動力去改變啊，這一切都很麻煩、無聊，但也許人生就是這麼一回事吧。唉，真希望發生什麼離奇古怪的事，讓我感到驚訝，或高興。」金恩自言自語。

當金恩嘆著氣閉上眼睛時，聽到有什麼東西飄落的聲音。是不是樹葉掉落下來了？金恩睜開了眼睛，發現有一張深棕色的卡片出現在自己的腿上。

那張卡片是突然出現的，彷彿有人輕輕把它放在自己的腿上一樣。卡片上有三個大大的字——十年屋。

金恩原先很想把這張卡片丟到地上，但卡片看起來很吸引人，於是又忍不住拿起卡片。這張對折的卡片兩端用黏膠黏住，必須折開黏膠才能看到其中的內容。他試著折開，但卡片黏得很牢，根本撕不開。

「看不到內容真是無聊死了！」

他很快失去了興趣，把卡片翻了過來，發現上面寫滿了小字。

金恩・伍勞斯先生。冒昧寫信給你，我是十年屋，本店代為保管的物品期限已將屆滿，你是物品領取人，希望你能夠光臨本店，所以寄給你邀請函。如果你有意願取回物品，請打開這張卡片。如果你無意取回，請在卡片上畫一個X，代表結束合約，寄放在本店的物品將正式歸本店所有，請多指教。

十年屋敬上

金恩忍不住愣住。

「金恩・伍勞斯？」無論看了多少次，上面是寫著自己的名字沒錯。是什麼寄放的物品？我是領取人？

他完全不記得有這件事。雖然心裡有點發毛，但這張卡片的確是寄給他的。

「難道這是新的詐騙手法？還是真的有什麼物品寄放在那家店？」金恩猶豫了一下，決定去看看。

金恩心想，雖然邀請函內容聽起來很可疑，但應該不至於有危險，也許還可以打發無聊。但是，卡片上並沒有寫那家店的地址，金恩覺得八成寫在黏起來的卡片裡，於是決定試著再次打開卡片。

不過他驚訝的發現，這次並沒有花什麼力氣就輕輕鬆鬆打開了，而且卡片散發出不可思議的香氣和光芒。

當他回過神時，發現自己站在瀰漫著濃霧的小路上。前一刻他明明還坐在藍天下的綠色公園長椅上。

「太驚奇了！這是……魔法嗎？」

之前曾經聽別人說過，這個世界上存在著魔法，以及會使用魔法的魔法師，魔法師會心血來潮的幫助普通人，只不過必須付出相應的代價。

金恩猜想自己受到了魔法師的召喚，被帶到這條小路，而且他相信，魔法師應該就在眼前這棟有白色大門的紅磚房子內。整條街上的其他房子都沒有燈光，靜悄悄的，只有眼前這棟房子亮著燈光，宛如照亮黑夜大海的燈塔般指引他，呼喚著他來到這裡。

金恩冷靜的判斷著眼前的狀況，忍不住有點激動。好久沒有遇到這麼刺激的事了。

「好，那就去看看魔法師長什麼樣子吧！」

金恩推開了白色的門，走了進去。一踏進店內，立刻大吃一驚。因為店內堆滿了東西，連走路的地方也沒有。那裡堆放著無數的物品，就像積木一樣堆疊起來，好幾個地方甚至堆到了天花板。

雖然店裡堆滿了東西，卻沒有雜亂的感覺，看似毫無秩序的丟在一旁的物品堆，卻可以感受到每件物品都被細心的呵護。最好的證明就是雖然店裡有那麼多東西，卻一塵不染，看來這裡似乎也使用了魔法。

眼前的景象讓金恩感到震撼，他很好奇店家到底去哪裡蒐集到這些東西呢？他忍不住打量起來。

這時，他的腦海中突然響起一個嚴厲的聲音。

「上流社會的人不會去看那些髒東西，隨時都要抬頭挺胸向前看，絕對不可以賊頭賊腦的東張西望。」那是爸爸澤斯時常訓誡他的話。

金恩彷彿可以清楚聽到爸爸的聲音，就好像他正站在自己身後說話一樣。

他立刻挺直腰桿，看向正前方，自己必須絕對聽從爸爸說的話，遵守爸爸的教誨。

金恩目不斜視的走向店內深處，看到那裡有一個櫃臺。櫃臺上有個銀色的鈴鐺，旁邊是一張紙條，上面寫著：有事請搖鈴。

金恩等了一下，發現沒有人出現，於是他搖了搖鈴鐺。叮鈴鈴，鈴鐺發出了可愛的聲音，鈴聲就像水面的漣漪般在店內擴散。

這時，一個年輕男人從後方出現了。

金恩一看到他，忍不住瞪大眼睛。

那個男人圍著一件有草莓圖案的綠色圍裙，頭上包著白色廚師頭巾，手上沾滿了麵粉，好像正在做料理。

他的年紀看起來和金恩不相上下，但全身散發的感覺完全不一樣。金恩的腦海中頓時浮現出神木的樣子，那是一棵在大地牢牢扎根的巨大神木，雖然已經很古老了，但枝葉仍然非常茂盛。

相較之下，自己就像是漸漸枯萎的幼樹，細細的樹幹隨時都會折斷，連葉子也都長不出來。

莫名其妙！金恩慌忙甩開腦海中的想像。

這時，男人向他打招呼。

「歡迎光臨。」

男人的聲音很好聽，銀框眼鏡後方那對琥珀色的雙眼也露出神祕而深邃的眼神。

「你是金恩．伍勞斯先生吧？歡迎來到本店，很抱歉，用這身打扮迎接你。我剛才在做點心，現在就去換衣服，請你到後方的會客室稍坐一下。」

男人帶他走進後方的小房間。

金恩坐在沙發上等了一會兒，男人再度出現，已經換上深棕色的西裝背心和長褲，雖然是沒有穿西裝外套的輕鬆打扮，但很優雅得體，脖子上繫著的朱色絲巾也充滿時尚感。他拿下了剛才的廚師頭巾，露出一頭柔軟的栗色頭髮。

男人端著托盤，托盤上放著咖啡和大蛋糕。

「很抱歉，讓你久等了。今天是管家每週一次的休假日，所以我剛才在廚房烤蛋糕。第一個蛋糕剛好出爐，請慢慢享用。」

「不，我不需要。」

「請不要客氣，我也泡了咖啡，是加了很多鮮奶油和焦糖糖漿的拿鐵咖啡，你應該會喜歡。」

前。

金恩還來不及回答說自己不需要，男人已經把咖啡杯放在他面前。

金恩目不轉睛的看著那個加了鮮奶油的咖啡杯，他已經差不多有十年沒喝加糖的咖啡或紅茶了。

因為他的爸爸曾說：「紳士無論喝咖啡和紅茶，都要享受原味，只有女人和沒長大的小孩子才會加牛奶和糖，那太丟人現眼了。」

但是，拒絕別人已經端上來的咖啡更沒禮貌，於是金恩默默接過咖啡，喝了一口。這杯帶有甜味的拿鐵很好喝，不過，金恩卻對於自己「感到好喝」產生了罪惡感——因為這違背了爸爸的教誨。

他感到坐立難安，但男人又切下一塊蛋糕遞給他。

「請你嚐嚐栗子戚風蛋糕，這是我媽媽教我做的。」

那個加了滿滿栗子的戚風蛋糕嚐起來口味很清淡，和甜甜的咖啡很搭配。

金恩的心情在不知不覺中平靜下來，他已經很久不曾覺得任何東西好吃了。回想起來，他向來都只挑選「爸爸推薦的、像上流社會的人會吃、會喝的東西」，放棄了自己真正喜歡的食物，因此對於吃到的東西，當然不可能發自內心覺得好吃。

金恩吃完了蛋糕，又喝了一口咖啡，才終於想起自己為什麼會來這裡。

「怎麼會這樣？我剛才竟然忘了來這裡的目的。」金恩感到羞愧的同時，看著坐在自己面前的這個男人。

這個魔法師有一雙琥珀色的眼睛，渾身散發出一種讓人肅然起敬的氣質。

「那個……我收到一張卡片，說有什麼物品寄放在這裡，我是領取人。」

「對，有一件物品在本店寄放了十年。」

「嗯……是誰寄放的？」

「是你的外公銀恩・沙翁先生。」

金恩好久沒有聽到這個名字，忍不住臉色大變。

「外公……」

「對，這就是他當初寄放的物品，請你確認一下。」

魔法師說完，不知道從哪裡拿出一個小包裹。

金恩雙手顫抖的接過用銀色絲綢手帕包起的小包裹，這個小包裹很有分量。

「不知道是什麼呢？」金恩的心跳加速，胸口有點隱隱作痛。

「是不是不看裡面的東西比較好？」雖然他這麼想，最後還是打開了包裹。

小包裹內是一個很大的懷錶，可是一眼就可以看出這個懷錶已經壞了，玻璃表面有裂痕，錶針也已脫落，掉在玻璃內側。

即使如此，仍然可以看出那是鐘錶工匠精心製作的出色作品。在一到十二的數字部分雕刻著獨角獸、獅身鷹和不死鳥等幻獸，雖然其中有幾隻幻獸的翅膀和角有缺損，而且外型不太完整，但那些雕刻栩栩如生的幻獸好像隨時會動起來。

不對，這些幻獸的確會動。當錶針停在那些數字上時，龍會噴火，那個半獸人羊男也會吹奏角笛。

不過金恩為什麼會知道這些？因為他之前曾經親眼目睹過。

他不但知道，也很了解這隻懷錶。那是鐘錶工匠外公製作的。

金恩感受到一股強烈的衝擊，好像胸口被人用力打了一拳一樣，他的腦海中同時響起了一個聲音。

「滴答滴答，滴答滴答。」

那是鐘錶發出的規律聲響，有好幾個聲音重疊在一起，像漩渦般打轉，那些被金恩封存的記憶也緩緩從漩渦中浮現。

❋

金恩的外公是手藝高強的鐘錶工匠，尤其在製作享受時間流逝樂趣的機關鐘錶方面，無人能出其左右。

像是那個放在客廳的大座鐘——清晨六點時，鐘面下方的鐘臺會打開，接著會有一隻雞跑出來，發出咕咕咕的叫聲；中午十二點時，鐘臺下方會出現一群坐在桌椅旁的人，熱鬧的開始吃午餐；晚上八點時，樂團現身，演奏夜晚的旋律。

還有一個以森林為主題的木雕時鐘，時間一到，鐘上的兩個小窗戶就會打開，蹦出一隻小鹿；三點的時候兔子會蹦出三次，四點的時候則是四次。每次兔子出現時，下方的獵人會拿起獵槍瞄準那隻鹿，但每次都打不到。

除此以外，還有一個天體鐘，上頭是好幾個鐵環套在一起，然後用玻璃珠子代替行星，會像天體一樣運轉，可以藉由天體鐘了解到月亮的圓缺和漲潮、退潮，還可以預測日食，被稱為傑作，目前在天文博物館內展示。

「機關鐘錶權威銀恩」——金恩很喜歡聽到別人這麼稱呼外公。他的外公風趣幽默，也很健談，而且他的手真的很靈巧，每天用「必須瞪大眼睛」才看得到的小螺絲組合齒輪，創造出鐘錶的世界，金恩也曾被這種魔法般的工藝深深吸引。

外公做的鐘錶，每一個零件都是手工製作，而且每一個作品都不一樣，除了可以正確報時，精美的工藝更充滿了趣味與玩心。

「我也想像外公一樣成為鐘錶工匠，有朝一日，我要做出比外公更出色的鐘錶。」

當外公聽到金恩這麼說時，樂得眉開眼笑，還送給他一套工具，開始慢慢向他傳授鐘錶技術。

金恩把工具帶回家，只要一有空，就開始把玩齒輪。

但是爸爸澤斯每次看到他樂在其中，總是眉頭深鎖。

爸爸甚至曾經明確表示，「你以後少去外公家。」

而且，爸爸還常常對他說：「幸好你和我一樣優秀，只要現在好好努力，以後就可以成為出色的人……我們是花錢買高級鐘錶的人，不要當製作鐘錶的人。」

每次金恩的爸爸說這種話時，眼神都很冷漠，讓金恩發自內心感到害怕，但他仍然沒有把爸爸的話聽進去，只要一有空，就去找外公，因為他覺得爸爸的話很沒道理，他完全無法接受。

雖然他知道爸爸是因為外公是媽媽的爸爸，所以才討厭他，但爸爸竟然看不起外公……

「誰要聽爸爸的話，簡直太莫名其妙了！」金恩心想。

爸爸和媽媽離婚之後，對他的束縛就更變本加厲了。

金恩媽媽的個性開朗活潑，她只做自己覺得開心的事，很討厭拘謹的生活，因此她經常把金恩交給自己的爸爸銀恩，就一個人跑出去旅行，更因此多次和丈夫澤斯吵翻天，最後就離開了家，據說目前正在南方生活。

父母離婚當然對金恩造成了很大的打擊，他更因此每天以淚洗面，不過爸爸每次看到他流淚，就罵他「太沒出息了」，然後比之前更加嚴格管教他，試圖控制他。從早餐吃什麼，甚至到服裝、功課、讀什麼課外書籍等，每一件事他都要管。

爸爸尤其不希望金恩去外公家，而且他似乎打算利用離婚作為藉口，讓金恩和他原本就不喜歡的岳父銀恩澈底斷絕關係。

不過，無論如何，金恩都不願意順從爸爸的想法。他覺得爸爸和外公或許可以從此沒有任何瓜葛，但他和外公不一樣，即使媽媽不在家，他和外公也永遠是家人。

金恩雖然年幼，但內心充滿反抗，總是不聽爸爸的勸告，偷溜出去找外公。聽外公說說製作鐘錶的事、向外公學習各種製作技術，是他唯一可以讓心情放鬆下來的時間。

✻

金恩十一歲那一年，有一天，外公露出孩子氣的笑容告訴他：

「我正在為你製作一個全世界最棒的錶。」

「是怎樣的錶？給我看看。」

「不行不行，要等到你生日時才能送你。以後我會在客廳教你做鐘錶，你暫時不能進來這間工作室。」

在那天之後，外公就不讓他踏進工作室一步。

但是因為外公說那是「全世界最棒」的錶，所以金恩知道那份禮物一定會很出色。

金恩每天引頸期盼生日趕快到來，因為他太想看看那個錶了。

有一天，爸爸難得對他說：「我今天要去你外公家，因為我有事要和他談一談，你要不要留在家裡？」

「我要和你一起去，我要去外公家！」

「那你就趕快去換衣服，換那件綠色上衣。」

「我不喜歡那件衣服，穿在身上刺刺的。」

「但那件衣服做工很考究，總比穿那些不倫不類的衣服好多了，也別忘了打領帶，記住了嗎？」

「……」

「如果惹爸爸生氣，他可能就不帶自己去外公家了，今天就聽他的話吧。」金恩邊想邊換上爸爸指定的衣服。穿上那件上衣果然很不舒服，繫上領帶也讓他難以呼吸，但為了去外公家，他咬牙忍了下來，坐上爸爸的車子。

不過，他們抵達時，外公剛好不在家，但門沒有鎖。爸爸皺著眉頭說：「他真是太大意了，居然沒鎖門。」然後又說：「既然沒有鎖門，代表他就在附近，應該馬上就回來了，我們進屋去等一下。」

「嗯。」

金恩和爸爸一起坐在沙發上，漸漸感到坐立難安，於是對爸爸說「我去廁所一下」，就走出客廳了。

遠離爸爸的視線後，他終於鬆了一口氣，這時，他驚訝的發現外公工作室的門打開了一條縫。

他覺得機會難得，立刻溜進了工作室。

金恩告訴自己：我不會碰任何東西，也不會動任何東西，只是因為太久沒有進來這裡，想看看而已，並不是什麼壞事。

他用這些藉口消除了自己內心的愧疚，打量著工作室。

外公的工作室和之前一樣，整理得井然有序，工具擦得亮晶晶且整齊排放，鐘錶的零件也按照大小和種類分類，裝在好幾個小盒子裡疊在一起。牆上掛滿了尚未完成的掛鐘，有些已經在走動，滴答滴答、滴答滴答的聲音很悅耳。

「啊，我果然很喜歡這個房間，這裡是全世界最令人安心的地方。」金恩這麼想的時候，看到桌上有一隻錶。

那是一隻懷錶，以懷錶來說，算是有點大，銀色的表面很光滑，沒有任何雕刻和裝飾，但錶面的工藝很精美。從一到十二的數字位置上各有一隻神奇的幻獸——龍、美人魚、精靈和獨角獸，那些塗上了鮮豔色彩的幻獸好像隨時都會動起來。

搞不好真的會動。

金恩很想試試看，就情不自禁的拿起了懷錶。他看到懷錶上的錶針已經在走動了，代表懷錶已經完成。既然完成了，稍微拿起來

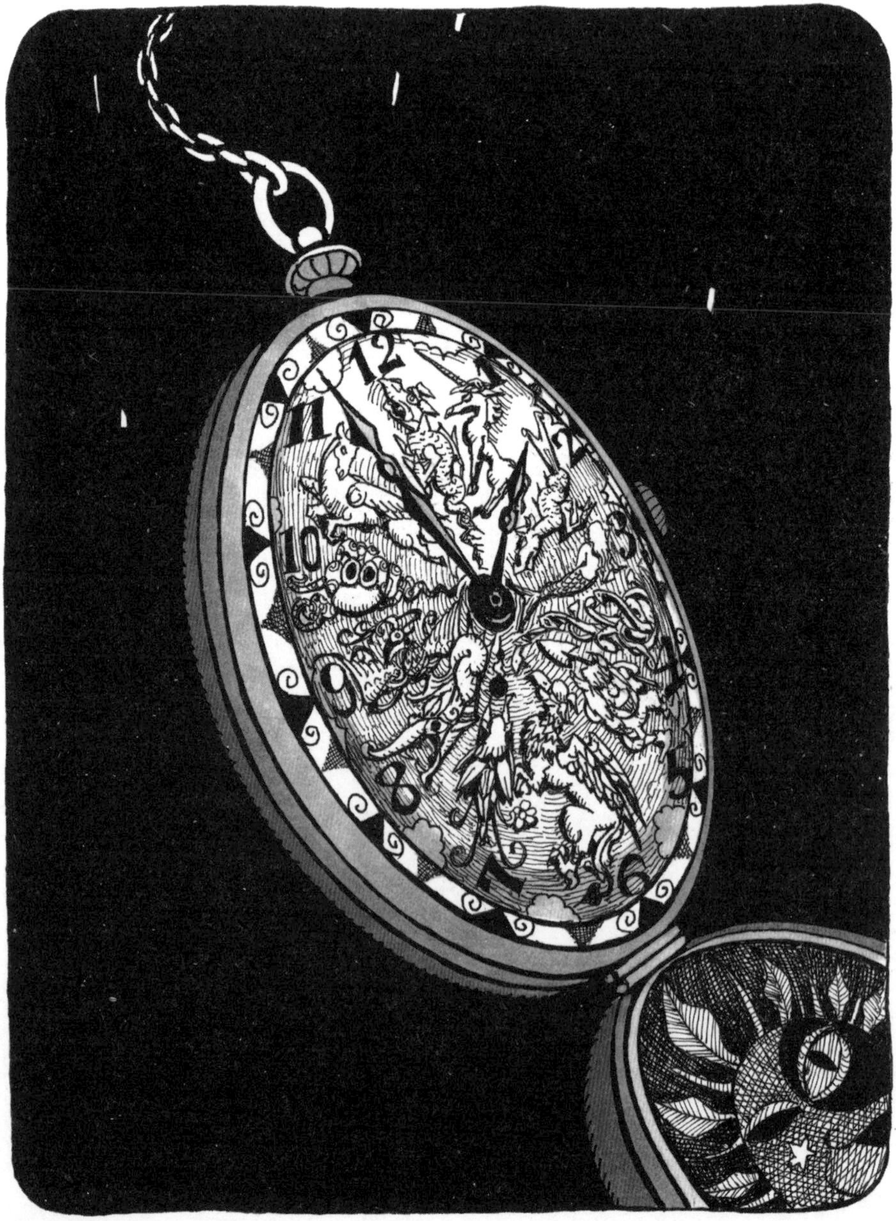

看一下應該沒有問題。

他拚命為自己找藉口，轉動了懷錶的錶冠，將錶針調到十一點的位置，在十一這個數字上的飛馬用後腿站了起來，英勇的拍著翅膀。

「我就知道！」

金恩很想看其他幻獸動起來的樣子，所以繼續轉動著懷錶的錶冠。他看到指針上的龍噴著火，矮人揮動著手上的鐵鍬，精靈舞著鬼火，海怪和九頭蛇拚命扭動。

金恩看了很開心，心想，不愧是外公做的懷錶，太好玩、太出色了！這是金恩至今為止看過最棒的鐘錶，所以他認為這一定是外公準備送給他的生日禮物。

正當他看得出神時，門卻打開了，他的爸爸澤斯突然闖了進來。

「金恩！你在幹什麼！」

因為太突然了，金恩嚇了一跳，正在轉動錶冠的手指一鬆，懷錶就從他的手上掉落。

懷錶掉在地上，他只聽到「喀」一聲輕微的聲音。

金恩臉色發白，爸爸緩緩撿起懷錶，只看了一眼，就皺起了眉頭。

「摔壞了……」

「怎、怎麼！不會吧……」

「我沒騙你，你自己看。」

金恩從爸爸手上接過懷錶。

爸爸說得沒錯，懷錶表面的玻璃出現了細微的裂縫，幻獸的身體因為掉到地上的衝擊力而缺了角，其中一根錶針也脫落了。因為懷錶的做工很精細，所以也很脆弱。

金恩看到懷錶摔得面目全非，嚇得幾乎無法呼吸。他很難過，但更害怕、驚恐。

爸爸語氣沉重的說：「你闖禍了，竟然摔壞了外公的作品……如果他知道這件事，你知道他會多難過嗎？」

爸爸的話讓金恩的心情更加沉重。

「……」

「即使你道歉，他應該也不會原諒你，因為鐘錶是你外公的寶貝，甚至可以說是他的生命……他應該再也不想看到你了。」

金恩放聲大哭起來，他無法承受自己犯下的重大罪行。

「我、我該……嗚嗚……怎、怎麼辦？」

「金恩，你要成為一個出色的人。」

笑。

爸爸用力抓住他的肩膀，眼睛發出了異樣的光芒，嘴角露出冷笑。

「你要成為一個了不起的人，讓外公為你感到自豪，到時候，外公就會原諒你。別擔心，我會教你，你只要聽我的話就好，我永遠都會支持你。」

金恩聽到爸爸這麼說，哭著抱住了他。

那天之後，金恩對爸爸言聽計從。他用功讀書，只穿爸爸推薦的衣服，看爸爸要求他看的書，把這一切視為對自己的懲罰。只要自己當一個乖孩子，就可以再見到外公，這也成為他的精神支柱。

因為從那天之後，外公不再和他聯絡，既沒有寫信給他，也沒有打電話，更沒有來家裡玩，金恩也無法去外公家，因為他沒有勇氣去見外公，更怕外公罵他「你在幹什麼！」

他有時候會問爸爸，「有沒有什麼外公的消息？」

金恩每次戰戰兢兢的詢問後，爸爸總是一臉憂鬱的點點頭說：

「有啊……可惜他還是很生你的氣，因為他很頑固，過一陣子再說吧。」

每次聽到爸爸的回答，他都覺得心被揪緊了。

不久之後，金恩迎來十二歲生日。他非常期待這一天的到來，因為他內心還抱著一絲期待，覺得外公今天可能會來家裡，或是可能會寄禮物來，表明他已經不再生氣了。只要外公稍微表達這個意思，他就會馬上去找外公，向他道歉，所以他很希望能夠看到外公說他已經原諒自己的任何跡象。

金恩整天一直祈禱，但是外公並沒有來，他也沒有收到外公的禮物。

想到外公還沒有原諒自己，金恩絕望不已，在床上哭了一整晚。

在金恩生日的半年後，外公去世了。直到外公去世，他都沒有再見到外公。

從爸爸口中得知外公去世的消息後，金恩便放棄自己獨立思考——因為他知道，只要聽爸爸的話就好。

只要聽爸爸的話，就不需要疑神疑鬼，也不必害怕。讓感覺漸漸麻痺，對任何事都無感，這樣比較輕鬆。

金恩沒有再碰過外公送他的那套做鐘錶的工具，因為他不願意回憶起外公，甚至很想忘記。

他把所有的回憶都深埋在內心深處，按照爸爸的要求做事，他彷彿變成爸爸的分身。

金恩的腦海中湧現太多記憶，他陷入了混亂，頭也開始痛了起來。

「嗚……嗚嗚嗚……」

金恩嗚咽著遮住自己的臉，魔法師溫柔的對他輕聲細語。

「其實還有口信。」

「口信？是外公的口信嗎？」

「對，請你聽一下。」

魔法師說完，拿出一個很大的海螺。海螺外頭有著珍珠色的光澤，開口處用軟木塞塞住了。魔法師拔起軟木塞，有個溫暖而深沉的聲音從海螺內傳出來。

「我可愛的孫子金恩，你還好嗎？」

金恩的淚水立刻奪眶而出。

他記得外公的聲音，這正是外公的聲音，絕對沒錯！

他覺得外公就像在身旁對他說話，他的淚水不停的滑落。海螺內繼續傳出外公銀恩的聲音。

「金恩，你突然不再來外公家，是因為那隻懷錶的關係嗎？如果是這件事，我完全沒有生氣，也沒有感到失望。有形的東西遲早會壞，所以必須小心使用。我為了讓你了解這件事，寫了好幾封信給你，也去家裡看你，不過看來你並沒有收到我的信件。我每次去你家，也都被趕回來，說是你不想見我。不久之後，我發現自己生病了，所以我決定讓這隻懷錶保持原來的樣子留給你，當作是我的遺物。要把它修好很簡單，但我認為這樣對你沒有幫助。如果把懷錶留在家裡，在我死後，你爸爸一定不會交給你，而是會把它丟掉，所以我委託十年屋為我保管，指定由你收取。

「金恩，你今年二十一歲了，我有點擔心你，不知道你成為怎樣的大人。因為你爸爸隨時在你身旁，他很聰明，也很會賺錢，但他的內心很貧瘠，我很擔心你會受到你爸爸的影響。金恩，我希望你不會失去你真誠的心。不要忘記當初你面帶笑容的說，想要成為鐘錶工匠的那顆真誠的心，這是我真心的期望。你不當鐘錶工匠也沒有問題，只希望你的人生充實有意義。」

外公的口信到此結束。

一片寂靜中，金恩像雕像一樣愣在那裡，他的淚水已經不再流淌。

過了一會兒，金恩緩緩看著魔法師問：

「外公……他原諒我了？」

「我不太清楚具體情況，但你外公很想見你，他一直說很擔心你，所以我建議他在這個貝殼中留下要對你說的話。」

「……」

「總之，這就是你外公寄放在這裡的所有東西，你打算怎麼處理？要把這個摔壞的懷錶帶回家嗎？還是拒絕領取？你想怎麼做都可以。」

「……」

金恩注視著那個懷錶很久，許許多多回憶和思考像火山爆發般在腦海中噴出。

「外公那時候就想見我？他原諒我了嗎？既然這樣，為什麼……

啊，我知道了，是爸爸！全都是爸爸搞的鬼。他操控了我，讓我遠離外公，這一切都是爸爸做的。」

一想到這裡，金恩就有點痛恨成為這一切誤會起因的懷錶，但這也是外公特地為自己做的，外公沒有修好它，而是留下摔壞的懷錶，一定有特別的用意。

他如同大夢初醒，用力握緊懷錶，放到自己胸前。

這隻懷錶歸他所有，但這並不是終點，於是他再度看著魔法師。

「同一件物品可以再次委託貴店保管嗎？」

「可以，沒問題，但你必須再支付一年份的時間。」

「時間？」

魔法師笑了笑說：

「十年屋為客人保管物品十年，客人必須支付一年的壽命。銀恩先生也支付了剩下的所有生命，把這隻懷錶寄放在這裡。」

一想到外公不惜用自己剩下的所有生命，也要把想法傳達給他，所以金恩更加想要回應外公的願望。

「那請你拿走我的壽命。」

「你決定由本店再為你保管這隻懷錶十年嗎？」

「對，因為我現在還無法修好它……我會在十年期間，成為一個能夠修好這隻懷錶的鐘錶工匠。」

金恩充滿了決心，魔法師目不轉睛的看著他的雙眼，然後笑了起來。

「也許你會更快就來把這隻懷錶拿回去，因為銀恩先生說，你是他引以為傲的孫子，在鐘錶方面也很有才華……不過，因為你要再度委託本店保管，所以我們必須重新簽約。」

金恩在合約上簽名後，人又再度回到剛才的公園。

他重重的吐了一口氣。接下來他會很忙，要成為鐘錶工匠，首先必須拜師。只要找外公以前的同行，應該可以解決這個問題，但在此之前，必須將公司結束營業，同時也要清理身邊的環境。

金恩知道，最麻煩的就是自己的爸爸。如果他得知自己要成為鐘錶工匠，一定會暴跳如雷。老實說，只要想到要反抗他，他就感到害怕，被爸爸嚴厲管教多年的內心和人格無法輕易改變。

但是，現在的他有外公留給他的遺言壯膽，外公的每一句話都會守護他，最重要的是，他有了想要把懷錶修好的目標，他已經很久沒有主動想做什麼事了。

金恩用力吸了一口氣，仰望著天空。晴朗的天空一片蔚藍如昔，但他已經忘了自己有多少年不曾覺得藍天很美了？

他突然很想把發生在身上的這一切以及自己的變化告訴妮娜。

「妮娜現在應該在大學的研究室裡。」金恩告訴自己，必須馬上去找妮娜。

於是，他快步走向學校……

6 改造的魔法

「十年屋」內有許多老舊的物品，在堆滿東西的店內深處，架子上放了一個小骷髏頭，表面擦得像銀子一樣亮，兩個眼睛的地方鑲了兩顆大鑽石。

「喀答喀答喀答喀答。喀答喀答喀答喀答。」

骷髏頭的牙齒突然動了起來，不斷咬合，鑲在眼睛的兩顆鑽石也閃閃發亮。

正在打掃店裡的十年屋和管家貓客來喜聽到聲音後，急忙跑到架子前，拿起骷髏頭，並放在耳邊。

「你好，我是十年屋。」

「嗨，年輕人！最近還好嗎？」

骷髏頭中傳來的聲音已經不只是「很有精神」而已，簡直震耳欲聾。

「茨露婆婆嗎？好久不見。」

「你的聲音還是像老頭一樣，明明看起來這麼年輕，就不能用有點活力的聲音說話嗎？連我聽了都覺得一下子變老了。」

「我的聲音就是這樣，請問有什麼事嗎？」

「嗯，我的材料又用完了，差不多該去你那裡張羅一下了，我預計三點抵達。」

「等、等一下！你臨時說要來，我這裡也不方……」

「啊，我聽不到、聽不到！通訊骷髏頭的狀況似乎不太理想，那就這樣了，一會兒見。」

對方嚷嚷完後，骷髏頭一下子安靜下來。

十年屋嘆著氣，把骷髏頭放回架子上後，對正用抹布擦拭灰塵的客來喜說：「茨露婆婆要來這裡。」

客來喜的耳朵垂了下來，「我不喜歡她喵。」

「不瞞你說，我也一樣，但這也沒辦法，她已經是老顧客了。既然她說三點要來，就一定會在三點準時上門。客來喜，你去把『休息中』的牌子掛在門上，如果讓普通的客人撞見茨露婆婆，那未免太可憐了。」

「是喵。」

客來喜去掛牌子時，十年屋俐落的收拾好清潔用品，然後用紫色的粉筆在地上畫了一個很大的圓，並在圓圈內畫了奇妙的圖案和文字。

「好，魔法陣已經完成……離三點只剩下十五分鐘了。」

「我可以去裡面嗎喵？」

「喂喂喂，你把我一個人留在這裡，也未免太無情了。只要你留在這裡，今晚的晚餐，我會烤一大條魚給你吃。」

「再加上有鮮奶油的甜點喵？」

「你還真會敲竹槓。好吧，那就再加一個鮮奶油的甜點。」

「那我可以留下來喵。」

接下來的十五分鐘，十年屋和客來喜都心神不寧的等待貴客上門。

放在角落的大時鐘噹、噹的敲響——三點了。他們一人一貓緊張的屏住呼吸，不發一語的看著地上的魔法陣。

當大時鐘敲響第三聲後，店門突然被打開。十年屋和客來喜聽到從意想不到的方向傳來聲音，都嚇得跳了起來。

「哇！」

「喵嗚！」

回頭一看，有一個老婆婆衝了進來。

這個老婆婆看起來充滿活力，頭上是染成粉紅色的頭髮，剪成一個學生頭的模樣，臉上戴了一副好像是用玻璃瓶瓶底做的厚眼鏡。她戴著一頂帽簷很寬的鮮紅色帽子，這頂帽子很奇特，頭頂的部分插滿了縫針和待針，簡直就像針墊，帽簷上有許多線圈和毛線球裝飾，還有一把銀色的剪刀。

她穿了一件洋裝，但看不清楚是什麼顏色，因為洋裝上縫了密密麻麻的鈕扣，根本看不到布料原本的顏色。

她沒有拿手提包，而是在身上背了一個泰迪熊背包，但泰迪熊身上有很多補丁，臉也很可怕，簡直就像科學怪人。

十年屋按著胸口，無力的對眼前這個打扮古怪的老婆婆說：

「茨露婆婆……我嚇了一大跳，我以為你會用魔法來這裡，所以畫了魔法陣在這裡等你。」

「真是不好意思，今天我是用平常的途徑來這裡的，但路還真不好找，來領取物品的客人要找到這裡還真是不簡單啊。」

「不必擔心，以前客人是根據地圖找到這裡，現在都由我使用召喚的魔法。」

「啊喲，你還真體貼啊。」

「不不不，因為有些客人想要趕快領取心愛的物品，結果心神不寧，之前就有一位客人因為這個原因出了車禍……所以我才改成目前的方式。」

客來喜悄悄垂下雙眼，牠的肩膀顫抖，似乎強忍著淚水。茨露婆婆見狀，立刻心領神會，用開朗的語氣改變了話題。

「嗯，先不說這些，讓我看一下店裡有什麼好東西。這一陣子，我店裡的生意特別好，所以要做一些新的商品。」

「請慢慢看，我去為你準備茶水。」

「謝謝啦，還是老樣子，我要喝咖啡，加三匙糖，不加牛奶。」

「我們完全了解，客來喜，對不對？」

「是喵。」

「真是一隻乖貓……你要不要來我店裡啊？」

「茨露婆婆，你不要每次來我們店裡，就想挖角我的管家。客來喜，你趕快去後面準備咖啡。」

「遵命喵。」

客來喜快步跑走了，茨露婆婆一臉遺憾的咂著嘴。

「哼，被牠逃走了。」

「茨露婆婆，我不是請你不要再這麼說了嗎？你這樣說，客來喜也會很傷腦筋耶。」

「我也不是故意的，只是看到可愛的東西就會情不自禁。你的乖貓太可愛了，我一直很希望牠可以來我店裡。」

茨露婆婆咕噥著，在店內逛了起來。她打量著堆積如山的商品，探頭朝縫隙內張望，把後面的東西拿出來，有時候遲遲拿不出來，忍不住再次抱怨。

「你可不可以稍微整理一下？不要像這樣把東西堆在一起，根本不知道哪裡有什麼。」

「因為我希望你可以體會尋寶的感覺。」

「你不要為自己找藉口，你只是不擅長整理吧？唉，後面的東西太難拿了。」

茨露婆婆不停的抱怨，看到中意的，就拿出來放在地上。

「這副手套不錯嘛，這個花瓶和陽傘也很有意思，喔喔，這些珠子也很搶眼啊。」

最令茨露婆婆感到高興的是一個貓形狀的雪人。她一看到這個貓雪人，立刻樂得歡呼起來。

「這個太棒了！簡直是傑作！」

「茨露婆婆，你果然很識貨。」

「那當然啊，如果錯過這種好貨，我這個『改造魔法師』就太不稱職了。嗯，不錯，這個真的很不錯……男孩和女孩，還有雪花……嗯嗯，我知道要怎麼改造了，那我馬上就動手工作。這裡借我用一下，你把那個木箱和酒桶搬開。」

「來了，來了。」

十年屋乖乖把東西搬開，為茨露婆婆騰出一小塊空間。

茨露婆婆把雪人放在那裡，開始唱起了歌。

松葉蕁麻黑玫瑰，針線護者在這裡，
木賊母子草雞眼草，一聲令下全聚齊，
重新編織舊記憶，縫縫補補向未來，

破銅爛鐵獲重生，譜出一首新歌曲。

茨露婆婆帽子上的剪刀和縫針隨著她的歌聲飄浮了起來，線圈的線也自動拉出。剪刀好像正在剪空氣一樣動了，針線隨之起舞，好像正在裁剪、縫製一塊肉眼看不到的布，簡直太不可思議。

接著，有一團光聚集了起來，那個雪人在光的包圍下，變得越來越小。最後……

雪人消失了，出現了一顆雪花球。

水晶球般透明的圓形雪花球內有一對男孩和女孩，他們正快樂

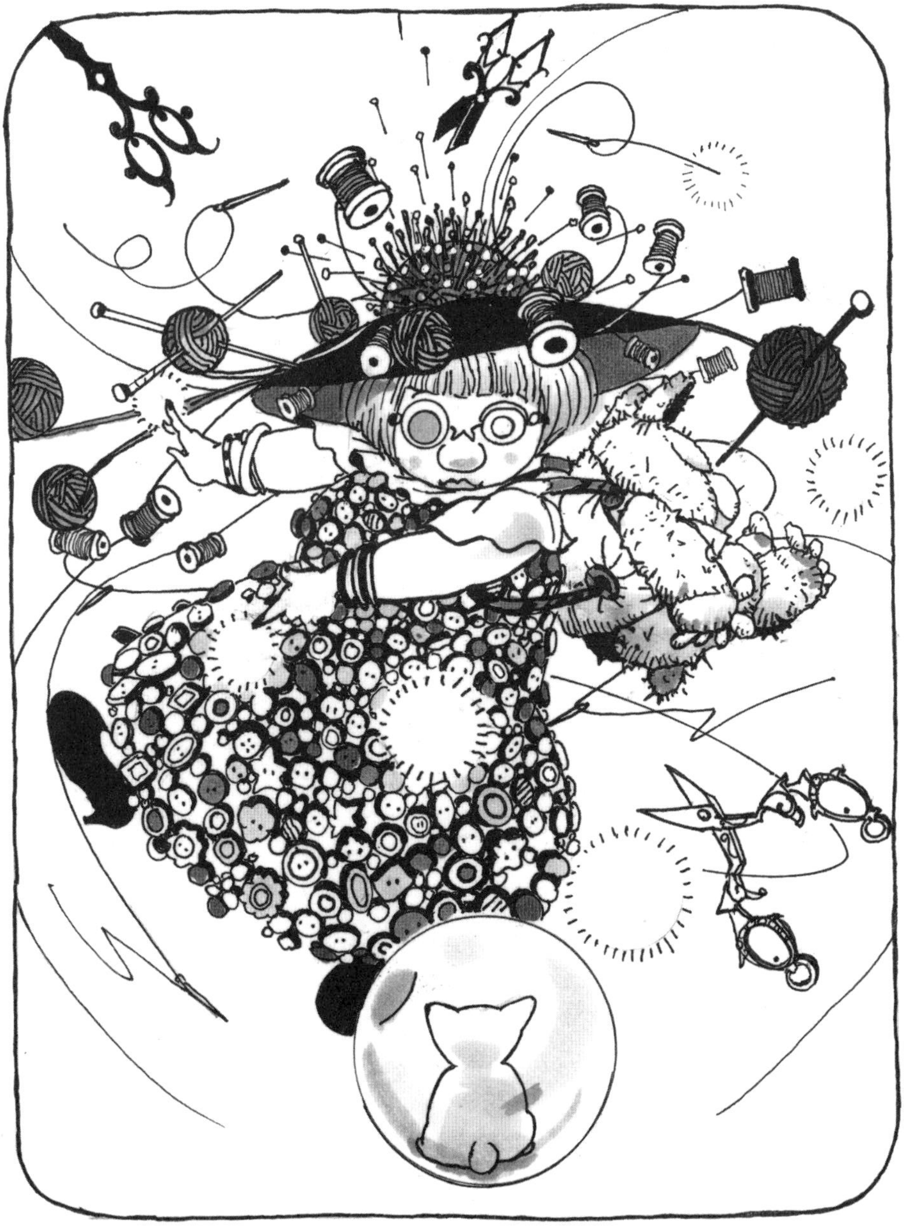

的一起堆雪人。那個雪人是貓的形狀，男孩踮著腳，正在為貓雪人裝上耳朵，而女孩把樹枝插在貓雪人的臉上作為鬍鬚。彷彿只要看著雪花球，就可以感受到玩雪的樂趣。

十年屋在一旁屏住呼吸看著茨露婆婆改造，忍不住露出笑容。

「茨露婆婆，太厲害了！你的改造魔法果然令人嘆為觀止。」

「呵呵，那當然啊，這次的材料很出色，我也覺得成品很不錯。」

茨露婆婆說完，拿起雪花球輕輕搖了搖，玻璃球中的雪花飄舞，雪花球中的世界更有冬天的味道了。

十年屋和茨露婆婆都看著這個雪花球出了神。

茨露婆婆說：「我對這個雪花球太滿意了，真希望可以一直留在身邊……但我相信它很快就會被客人買走。」

「是啊，一定會被配得上這顆雪花球的人買走。」

這時，客來喜從裡面走了出來。

「咖啡和草莓塔準備好了。」

「喔，乖貓來得正是時候，而且還準備了草莓塔，真是太貼心了，那是我的最愛呢。你要不要考慮一下去我店裡啊？我會給你很高的薪水喔。」

「茨露婆婆！」

「我知道，我知道，你不必用這麼可怕的聲音說話，我不會再說了。因為我可不想還沒吃到草莓塔就被趕出去。」

「我們就是受不了你這種旁若無人的態度。」

「這種話就不必說了，來，我們來喝咖啡。休息一下之後，我要繼續找材料，今天要多找一些回去。」

「請隨意。」

「當然啊，但是，我要先吃草莓塔。」

茨露婆婆一臉興奮的跑進會客室。

十年屋和客來喜互看了一眼，噗哧一聲，相視而笑。

「那我們也進去吧，不趕快進去，草莓塔會被她吃光光。」

「不用擔心，我在廚房裡藏了一些喵。」

「客來喜，你太機靈了，我要好好獎賞你。」

「那下次請幫我買沙丁魚罐頭，比較貴的那種喵。」

「好啊，買兩個給你。」

「太棒了喵！」

十年屋和客來喜一邊說著，一邊走去會客室。

尾聲

親愛的珞珞：

你最近好嗎？你的老師還是那麼嚴格嗎？不過，你上次在信中說，老師越嚴格，你進步得越快，我可以想像你努力學習的身影，但我有點擔心你太努力累壞身體，希望你多保重。

我有一個好消息要告訴你。上次試的新藥效果很不錯，我的身體狀況好多了，也許明年的新年可以去探望你。沒錯，我也許有辦法出國了，是不是很厲害？

還有另一件事要跟你說。昨天我去醫院時，經過一家小雜貨店，那家店名叫「改造屋」，感覺很不錯。我情不自禁的走進店裡，結果看到一個很可愛的雪花玻璃球，玻璃球內有一個男孩和一個女孩在堆雪人，讓我想起我們以前的約定，我太想要這個雪花球，於是就把它買回家了。

我把這個雪花球放在你送我的那隻貓旁邊，它們放在一起很協調。我也不知道為什麼，看到這兩樣東西，都會忍不住想起你，所以你不在我身邊的日子，我會看著它們想念你。啊，你不要嫉妒，製作這個雪花球的是一位老婆婆，呵呵，至於是怎樣的老婆婆，下次見面時再告訴你。
請你保重身體，迫切期待可以見面的日子。

柯麗

魔法十年屋1
想不想試試時間的魔法？

作　　者｜廣嶋玲子
插　　圖｜佐竹美保
譯　　者｜王蘊潔

責任編輯｜楊琇珊
封面設計｜蕭雅慧
電腦排版｜中原造像股份有限公司
行銷企劃｜陳詩茵、葉怡伶

天下雜誌群創辦人｜殷允芃
董事長兼執行長｜何琦瑜
媒體暨產品事業群
總經理｜游玉雪
副總經理｜林彥傑
總編輯｜林欣靜
行銷總監｜林育菁
副總監｜李幼婷
版權主任｜何晨瑋、黃微真

出 版 者｜親子天下股份有限公司
地　　址｜台北市 104 建國北路一段 96 號 4 樓
電　　話｜（02）2509-2800　傳真｜（02）2509-2462
網　　址｜ www.parenting.com.tw
讀者服務專線｜（02）2662-0332　週一～週五：09:00~17:30
讀者服務傳真｜（02）2662-6048
客服信箱｜ parenting@cw.com.tw
法律顧問｜台英國際商務法律事務所・羅明通律師
製版印刷｜中原造像股份有限公司
總 經 銷｜大和圖書有限公司　電話：(02）8990-2588

出版日期｜2021年7月第一版第一次印行
　　　　　2024年8月第一版第十三次印行
定　　價｜320元
書　　號｜BKKCJ070P
ISBN｜978-626-305-027-3（平裝）

訂購服務
親子天下 Shopping｜shopping.parenting.com.tw
海外・大量訂購｜parenting@cw.com.tw
書香花園｜台北市建國北路二段6巷11號　電話（02）2506-1635
劃撥帳號｜50331356　親子天下股份有限公司

國家圖書館出版品預行編目資料

魔法十年屋1：想不想試試時間的魔法？／廣嶋玲子 文；佐竹美保 圖；王蘊潔 譯. -- 第一版. -- 臺北市：親子天下股份有限公司, 2021.07
264面；17X21公分. --（樂讀456系列；70）
ISBN 978-626-305-027-3（平裝）

861.596　　110008811